KB249993

파란
아
이

파란아이

공선옥
구병모
김려령
배명훈
이 현
전성태
최나미

박숙경 엮음

창비

공선옥

아무도 모르게

선생님은 우리를 모둠별로 둘러앉게 했다. 하늘엔 별들이 총총했다. 산속이라서인지, 밤이 되니까 약간 춥기까지 했다. 솔직히 나는 잠을 자고 싶었다. 단체로 하는 이런 캠핑은 별로 재미가 없었다. 초등학교 때도 방학마다 국토 대장정, 서당 교실, 영어 마을, 예절 학교 같은 데 가서 며칠씩 캠핑을 하기도 했었다. 그때마다 나는 재미가 없어서 도망을 치고 싶었다. 도망을 못 가니까 잠이나 자고 싶었다. 그런데 이번 별 보기 캠핑은 좀 재미가 있었다. 다른 캠핑은 처음 보는 아이들, 처음 보는 어른들이었는데 이번에는 같은 반 친구들이고 담임 선생님과 함께 와서 처음 보는 사람과는 말을 섞지 못하는 내 단점을 들키지 않아도 되었기 때문에 편했다.

그런데, 이런 일이 있을 줄이야.

선생님은 말했다.

─이렇게 고요한 여름밤, 각자 자기가 살아온 날들에 대해서 생각해 봅시다.

우리는 모두 눈을 감고 저마다 살아온 날들을 생각하였다. 내 오른쪽에 앉은 시영이가 눈을 감고 제가 살아온 날을 조금 생각하다가 바로 호주머니 속 과자를 떠올리고 있다는 것을 나는 알았다. 시영이는 호주머니 속으로 자꾸 손을 넣어 과자를 조금씩 꺼내 선생님 몰래 입 속에 살짝살짝 집어넣었다. 내 왼쪽에 앉은 영환이에게서 나는 방귀 냄새가 내 쪽으로 날아왔다. 시영이의 몰래 과자 씹어 먹는 소리, 영환이의 방귀 냄새 때문에 내가 살아온 날들에 대해 생각하는 것이 자꾸 방해받긴 했지만 나는 최대한 허리를 곧추세우고 내 십오 년 인생을 생각하였다. 선생님이 잔잔한 음악을 틀었다. 음악은 약간 슬펐다. 생각하기에는 역시 신 나는 음악보다 좀 슬픈 음악이 도움이 될 것이다. 나도 최대한 감정을 잡아 보려고 애를 썼다. 감정이 잡히나 하는 순간, 선생님이 갑자기 혼잣말로, 에이, 음악은 무슨 음악이냐, 자연에 오면 자연의 소리를 들어야지, 하면서 기껏 틀었던 음악을 탁 꺼 버렸다. 선생님의 변덕스러운 행동으로 감정 잡기가 어려웠지만, 그래도 나는 내 살아온 인생을 생각하려 다시 한 번 허리를 곧추세웠다.

─우리는 어디서 와서 어디로 가는 것일까요. 생각해 봅시다.

우리 동네서 와서 우리 동네로 가는데요, 영환이가 대꾸했다.

—생각해 보라고 했지 대답하라고는 안 했다. 자아, 다시 한 번 생각해 봅시다.

그러면 집에서 와 집으로 가는 건가, 라고 영환이가 혼자 중얼거렸다.

엄마 배 속에서 나와 무덤으로 가요, 라고 승빈이가 말했다.

—아, 자식들, 말 되게 많네, 거. 말하지 말고 생각해 보라고, 생각.

드디어 선생님이 짜증을 내기 시작했다. 모두 조용해졌다. 풀벌레 소리만 가득하고 사위가 조용한 속에서 별들이 저희끼리 소곤거리는 것 같았다. 몇몇은 졸기도 했다. 한참 만에 선생님이 손바닥을 탁탁 치면서, 일어나라, 일어나, 조는 아이들을 깨웠다.

—자아, 각자가 살아온 날들에 대해 충분히 생각했는가?

처음부터 졸기만 한 경수가 제일 크게 대답했다.

—그러면 경수부터 말해 봐라. 말할 때는 되도록 솔직 담백하게.

경수의 이야기는 이러하였다.

우리 엄마와 나는 스무 살 차이가 난다. 내 생일은 3월이다. 엄마는 고등학교를 졸업했다고 한다. 그러나 나는 엄마의 말을 믿을 수가 없다. 엄마는 고등학교 다닐 때 아빠를 만났다고 한다. 내 생각에 엄마는 고등학생일 때 나를 임신해서 할 수 없이 고등학교를 다니지 못한 것 같다. 내 생각은 그런데 엄마는 절대로 그런 게 아니라고 한다. 나한테는 그것이 인생의 풀 길 없는 숙제 같다. 나는 엄마한테 원하는 것이 딱 한 가지뿐이다. 나한테 거짓말을 하지 말라는 거다. 나는 출생의 비밀을 갖고 싶지 않다.

—경수야, 너는 어머니를 사랑하니?

—엄마가 없으면 살 수 없다고는 생각합니다. 왜냐하면…….

경수가 언젠가 내게, 저는 엄마가 돈만 주고 없어져 버렸으면 좋겠다고 말한 적이 있었다. 엄마의 간섭이 너무 심해서 욕이 나오려고까지 한다고도 했다. 경수 입에서 그런 말이 나오기 전에 선생님이 말을 끊었다.

—그것이 바로 네가 너의 어머니를 사랑한다는 증거다. 그러면 된 것이다. 사랑하면 말이다.

경수 눈에 눈물이 어렸다는 것을 나는 알았다. 별빛 같은 빛이 경수 눈에 잠깐 비쳤기 때문이다.

—자, 이제부터 돌아가면서 말하는 거다. 경수 옆에 승빈이, 그 다음 영환이, 그런 식으로 쭈욱 얘기하는 거다. 그리고 오늘 밤 이야기는 우리끼리만 공유하는 것을 원칙으로 한다. 오늘 밤 이야기는 우리가 우리 자신한테 얼마나 정직한가,를 물어보는 데 그 의미가 있으니까. 알겠지?

—옛!

아이들이 일제히 우렁차게 대답했다. 선생님이 귀를 막고 웃었다.

승빈이는 첫말부터 자기 가족이 싫다고 말했다. 아마 경수 말에 자극을 받은 모양이었다. 가족을 사랑한다고 하면 괜히 쩨쩨해 보일까 봐, 더 세게 나가는 거다.

—가족이 싫은 이유가 뭐냐?

—선생님, 아까 경수가 말할 때는 듣기만 하셨는데 왜 제 말을 끊으시나요?

—내 말도 끊었어, 씨이…….

—뭐? 씨이?

선생님이 경수의 말에 발끈했다. 승빈이는 승빈이대로 입이 나와서,

—제가 말해도 되나요?

—해라 해, 씨이.

승빈이의 증조할머니는 아흔아홉이다. 증조할머니는 치매를 앓게 되었다. 증조할머니가 낳은 자식은 여덟이다. 아들이 다섯에 딸이 셋이다. 그중에 두 아들을 사고로 잃었다. 그래서 증조할머니에게는 이제 아들이 셋이다. 세 아들 다 칠십이 넘은 노인이다. 그리고 세 딸인 승빈이의 고모할머니들은 육십이 넘었다. 세 아들 중 큰아들은 미국에 살고 한 아들은 젊었을 때 이혼하여 혼자 살고 둘째 아들은 승빈이의 할아버진데, 증조할머니가 요양원에 가시고 몇 년 전에 할머니마저 돌아가시자, 어머니도 아내도 없는 집에 살기가 너무 외롭다, 이렇게 외로울 바에야 혼자가 낫지, 라는 말

을 남기고 집을 나가 역시 혼자 산다. 고모할머니들 중 두 고모할머니도 미국에 살고 막내 고모할머니는 결혼도 하지 않고 혼자 산다. 증조할머니는 내내 승빈이 집에서 살았다. 증조할머니에 할아버지에 할머니, 엄마, 아빠, 승빈이와 승빈이의 여동생까지 다 함께 살았을 때는 좁은 아파트가 피난민 수용소 같았다. 그런데 할머니가 돌아가시고 증조할머니가 치매에 걸려 요양원에 가시고 할아버지마저 집을 나가시게 되어 집은 이제 엄마의 소원대로 '우리끼리'만 사는 곳이 되었다.

　—이승빈, 그래서 결론이 뭐냐? 그런 집이 좋다는 거냐, 싫다는 거냐?

　—우리 집은 그렇게 되었고요. 제가 언제 우리 집이 싫다고 했습니까?

　—그런가? 집이 아니라 가족이 싫다고 했나?

　—그렇습니다. 가족이 싫습니다. 싫고요. 아아, 모르겠습니다. 나의 이 심정을 누가 알겠습니까.

　—니 심정은 니가 알지 누가 알겠느냐.

　—아, 그렇습니다. 내 심정을 알아주는 사람은 이 세상에 나 하나뿐입니다. 저는 그렇게 외로운 사람입니다. 으으으윽.

　—인간은 누구나 외롭다. 외로워도 울지 마라, 승빈아.

　나는 승빈이가 좀 더 울어 주기를 바랐다. 아니, 승빈이가 울어서 다른 아이들은 자기가 살아온 이야기나 가족 이야기를 더 이상하지 않게 되길 바랐다. 그러나 승빈이는 곧 울음을 멈추었다. 금방 멈출 울음을 괜히 울어서 분위기가 훨씬 더 가라앉았고 그다음 영환이 차례가 되었다.

—나는 열다섯 살이 되면서 외로움이 뭔지를 알게 되었습니다.

이제 가족이 싫다는 분위기에서 외로움 쪽으로 방향이 전환되었다.

—내가 생각하기에 인간이 외롭다는 것은 날씨와 관계가 있는 것 같더라고요. 비가 오거나 바람이 불면 인간은 외로움을 느끼며 배가 고프거나 아플 때는 더욱더 외로움을 느끼게 되지요. 내가 관찰해 본 결과로는 나의 아버지 되시는 오상봉 씨께서는 담배가 떨어지면 외로워하시지요. 또한 저의 어머니 되시는 김숙자 씨께서는 돈이 떨어지면 외로워하시더라고요. 나의 형 되시는 오영호 씨는 여자 친구와 싸우고 나서 외롭다 하더군요. 인간은 그렇게 모두 외로운 겁니다.

방금 전 선생님한테 들어 놓고는 마치 영환이 제가 처음으로 깨달은 것처럼 인간은 모두 외롭다고 말하는 것이 뻔뻔했다. 그렇게 말하면서도 영환이는 또 방귀를 뀌었다. 영환이는 나한테 말한 적이 있다. 텔레비전에서 어른들이 뽀뽀하는 장면이 나오면 마음이 이상해진다는 것이다.

—그런 장면을 보면 내 마음이 확실히 외로워지는 것 같더라고.

열다섯 살이 되면서 외로움이 뭔지를 알게 되었다는 영환이의 말이 영 틀린 말은 아니다.

이제 드디어 내 차례가 되었다.

— 저는 가족을 사랑하는지 않는지 잘 모르겠습니다. 그리고 내가 외로운 건지 외롭지 않은 건지도 잘 모르겠습니다. 그래서 할 말이 별로 없습니다.

나는 가족을 사랑하는가, 나의 유일한 가족인 엄마를 나는 정말 사랑하는가, 그리고 나는 외로운가 외롭지 않은가를 한 번도 나한테 물어본 적이 없었다.

— 아무리 그래도 너 자신과 가족에 대해서 솔직한 심정을 말해 봐라.

— 저 화장실 좀 다녀오겠습니다.

내 말에 영환이가 우하하하 웃었다.

— 아까부터 방귀를 뀌어 대더니 드디어 가는구나.

나는 영환이의 거짓말이 차라리 고마웠다.

*

우리 동네에 불이 났다. 엄마는 짐을 쌌다. 우리 집은 아무것도 가져갈 것이 없으니 도둑이 들어와서 보고는 오히려 자기가 훔쳐 온 것을 두고 갈 것이라고 할 정도여서 정말 아무것도 없는 줄 알았건만, 막상 짐을 싸고 보니 용달차 한 트럭분이 되었다. 불에 타고 남은 것만 싸는 데도 한나절이 걸렸다.

—민수야, 이제 우리도 새 희망을 가지고 살아 보자.

엄마는 서울의 그 아저씨가 우리의 새 희망이라고 말했다. 엄마
는 용달값을 아끼려고 서울에서 화물을 싣고 내려온 차를 수소문
하여 이삿짐을 실었다. 2월이었고 바람결에서는 봄 냄새가 묻어나
는 것 같았다.

—얼마나 좋으냐. 새봄에 새 생활 시작하는 것이. 너는 이제 서
울 학생이 되는 거야.

나는 하나도 좋지 않았다. 불안하고 무서웠다. 이삿짐 차가 내가
태어나서 십사 년을 살았던 여수를 떠나 순천을 거쳐 서울로 향하
는 동안 나는 잠을 자거나 아니면 잠자는 척하면서 불안한 마음을
감추었다.

—아주머니 서울로 이사 가니깐 좋은가 보네요?

—흡흡흡.

엄마가 묘하게 웃었다.

—나도 서울 살지만, 서울은 지옥입니다.

—말은 지옥이라 하면서 너도나도 다들 서울 못 살아 안달하던
데요, 뭘.

—잘사는 사람은 잘사는 사람대로 돈 쓰기 좋은 곳이 서울이니
깐요. 못사는 사람은 못사는 사람대로 또 벌어먹고 살아야 하니깐
그렇겠지요.

―그래도 일단 서울 산다 하면, 왠지 있어 보이잖아요.

―아주머니 눈에는 제가 있는 사람으로 보입니까?

―흡흡흡.

운전수가 라디오를 틀었다. 길이 많이 막힌다는 말이 나오고 내가 좋아하는 소녀시대의 노래가 나왔다. 그렇지만 이날은 왠지 그 노래조차도 마냥 좋아할 수는 없었다. 엄마는 서울 아저씨와 통화를 했다. 서울 아저씨가 잘 오고 있느냐고 묻는 것 같았다.

―알았어요, 천천히 조심해서 갈게요. 날씨도 좋고 기사 아저씨도 친절하시네요. 네, 흡흡흡.

우리가 서울 영등포 문래동에 도착했을 때는 땅거미가 지기 시작하는 저녁 무렵이었다. 서울은 공기가 안 좋다더니 문래동에 내리자마자 매캐한 냄새가 났다. 사방이 철공소였다. 철공소에서 나는 소리가 찌이익, 철커덕, 우루루 들렸다. 용접공이 불꽃을 튀기는 곳도 있었다. 이중으로 된 고가 도로 위로 전철과 기차가 한꺼번에 지나갔다. 냄새나고 시끄럽고 정신이 없었다.

내가 아주 어렸을 때 엄마와 아버지는 대판 싸우고 나서 이혼을 했다. 왜 이혼했느냐고 물었을 때 엄마는 돈 문제지 뭐,라고만 말했다. 식당에서 일했던 엄마는 여수에 여행 온 서울 아저씨와 일년 정도 사귀었다. 그리고 이제 서울 아저씨와 함께 살려고 서울로 온 것이다. 그런데 우리가 들어가 살 집이라는 곳은 집이라기보다는 공장 같았다. 공장 같은 건물 안에 들어갔다 온 엄마는 공장은 아니고 사무실 같다고 했다. 아저씨는 일이 바빠서 밤에나 올 것 같으니 먼저 이삿짐을 들이자고 했다.

─열쇠가 있어서 다행이야.

엄마가 열쇠를 꽂고 공장, 아니 사무실 문을 열었다. 이상했다. 사무실 안은 텅 비어 있었다.

엄마가 웃었다.

─아이고, 이 양반이 내 짐이 많은 줄 알고 미리 방을 깨끗이 비워 놨나 보구나.

텅 빈 사무실 안에 우리 짐을 들여놓았지만, 그래도 영 집 같지가 않았다.

─가만있자, 오늘은 그냥 대충 자고 내일은 침대부터 사서 들여놔야겠구나.

마지막 이삿짐인 장독을 어디다 둬야 할지 몰라 기사 아저씨가 장독을 들고 사무실 한가운데 우두커니 서 있을 때 관리인 아저씨가 왔다.

─뉘시오?

─흡흡흡.

─누구냐고 묻지 않소.

─보면 몰라요? 여기 사는 아저씨의…….

─여기 사는 아저씨라니, 그 사람이 누구요?

─안명덕 씨라고.

―안명덕이라는 사람은 진작에 이사 갔는데?

―아이, 왜 그러세요. 그분이 나한테 열쇠도 줘서 방금 이렇게 제 손으로 문을 따고 들어왔는데.

―예끼, 아줌마, 이 사무실은 지금 보다시피 비어 있어서 새 세입자를 구하고 있지마는, 아무리 비어 있기로서니, 계약도 안 하고 아무나 들어와 살아도 되는 곳이 아니오. 어서 안명덕 씨를 찾아서 가시오.

엄마는 안명덕 아저씨한테 전화를 걸었지만 연결이 안 된다고 했다.

―그분이 지금 바쁜가 봐요. 이따 밤에 오실 거니까, 그때 이야기해요, 아저씨.

―그분이 바쁜지 안 바쁜지 내 알 바 아니고, 하여간 안명덕이라는 사람은 여기 살지 않소. 그러니 어서 짐 빼요.

기사 아저씨는 여전히 장독을 들고 서서 엄마와 관리인 아저씨의 대화를 듣고 있었다. 기사 아저씨의 팔뚝이 빌빌 떨리는 것 같았고 나는 더욱 불안해졌다. 관리인 아저씨가 기껏 들여다 놓았던 짐 중에 가장 가벼운 플라스틱 세숫대야를 밖으로 내놓았다.

―왜 남의 물건에 손대세요. 빼도 내가 뺄 테니까 손대지 마세요.

엄마는 다시 한 번 안명덕 아저씨한테 전화를 걸었다. 통화는 여전히 되지 않았다. 기사 아저씨가 더 이상 들고 있기가 힘들었는지 장독을 바닥에 내려놓고 엄마 앞으로 다가왔다.

　―어쨌든 아줌마, 실어다 달라는 짐을 실어 왔으니 돈을 주셔야죠.

　엄마는 대꾸하지 않았다. 관리인 아저씨는 짐 빼기를 기다리고 기사 아저씨는 돈을 기다리며 엄마를 주시했다. 엄마는 쭈그리고 앉아 고개를 무릎에 묻고 울기 시작했다. 아이고오, 아이고오, 아이고오……. 엄마의 울음은 길었다. 긴 울음의 끝에 엄마는 착 가라앉은 목소리로,

　―기사 아저씨, 우리 짐 다시 실어 주세요.

　―실어요? 실으라면 실어야지요. 그러면 용달비는 추가로 주셔야 합니다.

　우리는 사무실로 들여놓았던 짐을 도로 트럭에 실었다. 짐을 다 싣고 났을 때는 캄캄한 밤이었다. 안명덕 아저씨는 끝내 나타나지 않았다.

　밤이 되자 바람이 불기 시작했다. 날은 추웠다.

　―어디로 가십니까?

　―어디로 가야 하지요?

　―제가 그걸 어떻게 압니까.

　―아저씨, 제가 남쪽에서 북쪽으로 왔잖아요.

　―그렇지요.

　―그니깐, 오던 방향으로, 북쪽으로 쭈욱 가 주세요.

—북으로 간다고요?

—그래요. 북으로 가요.

—아줌마, 내가 탈북자 소리는 들었어도 탈남자 소리는 못 들었소. 내가 왜 아줌마 따라 북으로 갑니까. 국가 보안법이란 게 엄연히 살아 있는데.

—하여간 북쪽으로 가요. 강원도도 있고 많잖아요, 북쪽에.

—강원도는 동쪽이지요.

—그래요, 북쪽이든 동쪽이든 하여간 남쪽 아닌 곳으로 가 주세요.

그렇게 해서 우리는 그날 밤, 이삿짐을 실은 트럭을 타고 정처 없이 가게 되었다. 나는 그때 왜 그랬는지 모르지만, 그래야 할 것 같아서 엄마 손을 꼭 쥐고 있었다. 아마도 엄마 손을 쥐어 주지 않으면 엄마가 또 울 것 같아 겁났고, 그리고 내가 울 것 같아서 엄마 손을 잡았던 것 같다. 그것이 엄마한테는 힘이 되었는가 보다.

—아저씨, 우리 아들이 손을 쥐어 주니까 내가 힘이 나네요. 홉홉홉.

—자식이란 게 그렇지요. 짐이 되다가도 힘이 되는 게 자식인 것 같아요. 저희 어머니도 늘 그렇게 말씀하셨지요. 우리 어머니는 아버지가 일찍이 돌아가시고 혼자서 팔 남매를 길렀어요. 지금 시절도 아니고 옛날에 여자 혼자서 얼마나 힘들었겠어요. 그때 늘 그러셨지요. 우리가 짐이고 힘이라고요.

나는 그때 처음으로 알았다. 내가 엄마한테 힘도 되지만 짐도 된다는 것을.

달이 휘영청 떠올랐다.

—아 참, 오늘이 보름이네요, 보름. 오곡밥에 나물 먹고 부럼 깨무는 보름 말입니다. 오늘 같은 날 고향에 가면 어머니가 해 주시는 찰밥을 푸지게 먹을 수 있을 텐데, 아주머니 때문에 고향에도 못 가고 참.

—아저씨, 고향이 어디세요?

—강릉요.

—강릉요? 아저씨, 그럼 강릉으로 갑시다.

—강릉으로요? 강릉에 누가 있어요?

—나한테는 여수건 강릉이건 마찬가지예요. 아무 데나 자리 잡고 살면 되는 거지 뭐.

—아주머니 덕분에 나는 고향 가네?

기사 아저씨는 입을 벙글거렸다. 기사 아저씨의 기분이 좋아져서였을 것이다. 갑자기 흥분하며 보름날 해 먹는 음식 이야기를 꺼낸 것은.

—아주머니도 보름에 오곡 찰밥 해 먹었어요?

—그럼요. 찰밥에 무시깃국을 해 먹었지요.

—무시깃국이 뭐예요?

—아따, 무시도 몰라요? 무 말이에요, 무. 생무를 채 쳐서 물 붓

고 파 마늘 넣고 식초 좀 치고 소금 간 하고 해우를 부스러뜨려서 만든 무시짓국요.

— 해우가 뭐예요?

— 해우도 몰라요? 김요, 김.

— 아하, 김을 해우라고도 하는구나아. 보름에 먹는 나물은 뭐가 좋아요?

— 많죠. 꼬사리나물, 돌가지나물, 취나물, 피마자나물, 무나물, 토란대나물, 고구맛대나물.

— 심심한데 말로라도 한번 만들어 보세요.

엄마는 또 엄마대로 기분이 너무나 좋지 않아서, 그렇게라도 기분 전환을 하고 싶어서 음식 이야기를 했을 것이다. 그리고 나는 무척 배가 고팠다. 기사 아저씨도 엄마도 배가 고플 텐데 그들은 누구도 밥 먹자는 소리를 하지 않았다. 나는 엄마가 밥 먹자는 소리를 하지 않는 이유를 알고 있었다. 엄마는 돈이 없었던 것이다. 어쩌면 기사 아저씨도 그런지 몰랐다. 틀림없이 그랬을 것이다. 우리 모두는 배가 고팠고, 배가 고픈 속에 듣는 엄마의 음식 이야기는 내게 몹시 괴로웠다.

— 먼첨 꼬사리나물. 우리는 고사리를 꼬사리라고 하니까, 이해해 주세요. 말린 꼬사리를 푹 삶아서 장으로 간해서 들지름으로 볶아요. 천하에 간단해요. 그담에 돌가지나물. 도라지요이. 돌가지를 소금물에 뽀독뽀독 시쳐서 독기를 빼내고 그것도 장으로 간해서

또 들지름에 볶으면 그것이 돌가지나물이지요이.

엄마는 서울로 이사 간다고 서울말을 열심히 연습했었다. 그런데 음식 만드는 법을 말하면서 엄마는 다시 원래 쓰던 말로 돌아갔다. 나는 엄마가 말로 요리한 그 음식들을 먹어 본 적이 없다. 엄마는 설과 추석날 빼고는 일 년 내내 일하러 나갔다. 설과 추석에 엄마와 나는 아무 데도 갈 곳이 없고 우리를 찾아올 아무도 없었다. 엄마와 나는 명절이 결코 행복하지 않았다. 그러니 진짜 큰 명절이 아닌 보름날 같은 것은 아무것도 아니다.

나는 여수 살던 시절의 보름날 밤을 생각했다. 그날도 엄마는 식당에 일하러 가고 없었다. 언제나처럼. 우리는 경도라는 섬이 빤히 바라보이는 국동의 물양장이라는 곳에 모였다. 물양장은 가까운 섬으로 가는 배들이 정박해 있는 선착장이자, 바다에서 잡아 온 물고기들을 파는 어시장이자, 폐선들 사이에서 숨바꼭질하기 좋은 우리들의 놀이터이기도 했다. 언제부터 보름날의 그 놀이가 시작됐는지는 알 수 없다. 내가 보름날 밤 그 놀이에 참여하기 시작한 때가 언제인지도 기억이 없다. 그러나 여수의 아이들은 보름날 밤이면 꼭 그 놀이를 했다. 학교에 다니지 않는 조무래기들은 아마 제 형들을 따라나섰을 것이다. 그 조무래기들이 자라서 형이 되면 그 아이들의 형들이 그랬던 것처럼 또 자기보다 어린 아이들의 돈을 뺏을 것이다. 돈을 뺏긴 아이들은 제 형들이 그랬던 것처럼 또 저희들보다 어린 아이들의 돈을 뺏을 것이다. 자기들도 형이 되면 그럴 것이므로 아이들은 형들에게 순순히 돈을 내주었다. 그러니 돈을 빼앗았느니, 뺏겼느니 할 것도 없었다. 그것은 다만 여수 아이들의 보름날 밤 놀이일 뿐이었다. 그러나 보름날 밤의 그 놀이는 좀 무섭기도 했다. 보름날 밤 아이들은 함께 놀이를 할 아이들을 부르러 다녔다. 성찬이는 교회를 다녔다. 보름날 밤 교회 간다고 핑계를 대고 놀이에 참여하지 않은 성찬이는 그다음부터 외톨이가 되었다. 외톨이가 되는 것이 무서워서 나는 보름날 밤의 놀이에 빠질 수가 없었다. 우리는 몇몇이 어울려 집집마다 돌아다니며, 소리 높여 노래했다.

어리어리얼싸 어리어리얼싸.

대부분의 집은 돈을 내주었다. 돈을 내주면 아이들은, 어리어리얼싸, 이 집에는 복도 많네 해 주고 돈을 내주지 않는 집에다는, 어리어리얼싸, 이 집에는 복도 없네 해 주었다. 아이들의 그 노래가 어른들에게는 무슨 주문처럼 들렸는지도 모른다. 복도 없다는 노래가 꺼림칙하게 느껴졌는지 돈을 들고 뛰쳐나오는 어른들도 있었다. 아이들은 돈을 줄 만한 집만 골라 다니며 그런 노래를 불러 댔다. 어떤 아이들은 돈 대신 찰밥이나 과일이나 과자를 얻어 오기도 했다. 그것을 우리는 다 같이 나눠 먹고는 돈을 받아 오지 못했다고 찰밥이나 과일이나 과자를 얻어 온 아이를 때렸다. 우리가 물양장 폐선 속에서 그러고 있을 때 어른들은 바닷가 광장에서 징과 꽹과리를 치며 달집을 불태웠다. 어른들이 달집을 불태우는 동안 아이들은 얻어 온 돈을 들고 피시방으로 갔다. 피시방에 가서 우리는 얻어 온 돈을 우리보다 큰 형들에게 또 순순히 내놓았다. 그것은 보름날 밤 대대로 전해져 오는 놀이였으므로.

— 보름날 밤에 경포대 모래사장에서 달집을 불태울 때면 정말 아름다웠지요.

기사 아저씨의 아버지는 상쇠였다. 아버지가 달집을 돌며 얼굴이 벌게져서 꽹과리를 치면 아직 소년이었던 기사 아저씨는 아버지 옆에서 함께 춤을 추며 눈물을 흘렸다고 한다.

— 왜 울었는데요?

— 너무나 아름다워서요.

— 아름다워서 눈물이 나왔고만요. 하긴, 그럴 만도 하겠고만요. 그리고 보면 세상에는 아름다운 것들이 참 많아요이?

— 그러면 세상의 아름다운 것들에 대해서 말해 보시렵니까?

우리는 밥을 언제 먹을지 알 수 없었다. 기사 아저씨는 너무나 배가 고파서 자꾸만 엄마한테 말을 시키는지도 몰랐다. 그것은 엄마도 마찬가지였을 것이다.

— 많지요오. 봄에 보리밭도 아름답고 보리밭 가상에 핀 진달래도 아름답고 진달래꽃 따서 지진 화전도 아름답고 화전 먹고 놀던 시절도 아름답고.

엄마에게 정말 그런 날이 있었을까. 엄마는 언제나 내게 옛날을 끔찍했다,고 말했다. 다시는 생각하고 싶지도 않은 옛날을 왜 자꾸 묻느냐고 화도 냈다. 그런 엄마에게 정말 아름다운 날이 있었을까. 그리고 보리밭이 왜 아름답다는 것일까. 진달래가 아름다운지 나는 알지 못한다. 화전이라는 것을 보지도 못했다. 엄마가 어쩌면 거짓말을 하고 있는지도 모른다고 나는 생각했다.

달은 점점 하늘 가운데로 이동해 와서 온 세상을 훤히 비추고 있었다. 나는 내게 아름다운 것들이 무엇인지를 생각해 보았다. 아무것도 떠오르지 않다가, 문득 떠오르는 것이 있었다. 나는 비 오는 날, 우리 집 앞 주유소에 드나드는 차들이 아름답다고 생각한 적이 있었다. 그중에 요란한 소리를 내며 들어오는 스포츠카의 미끈한 몸체는 정말 아름다웠다. 그리고 순간이긴 하지만, 주유소 바닥에 어린 기름들이 불빛에 어른거리는 모습도 아름다운 것 같았다. 나는 보리밭이나 진달래가 왜 아름다운지 알지 못하지만, 자동차나 높은 건물을 보면 아름답다는 생각이 들었다. 특히 우리가 살고 있는 산동네 재개발 지역보다 우리 집 아래 높은 아파트들이 정말 아름다웠다. 그 아파트에 불이 난다면 그 불꽃은 정말 아름다울 것 같았다. 그렇지만 불은 아파트가 아니라 우리 동네에 났다. 불은 순식간에 우리 동네 절반을 태워 먹었다. 엄마와 나는 갈 데가 없었고 마침 서울의 안명덕 아저씨가 그러면 서울에 와서 사는 게 어떠냐고 해서 서울로 왔으나…… 이제 우리는 강릉으로 가게 된 것이다.

—여름의 아름다움에 대해서는 제가 말해 보지요. 보리밭 이야

기가 나와서 말인데, 바람에 일렁이는 보리밭은 얼마나 아름다운가요. 마치 파도가 일렁이는 것 같지 않습니까? 한여름에 낮잠 자다 깨어났는데 문득 보이는 대청마루 가의 푸른 하늘, 그 푸른 하늘가의 감나무, 감나무 속에서 우는 매미, 매미 울음소리를 자장가 삼아 자울자울 졸고 있는 닭 볏 같은 맨드라미…… 맨드라미 꽃잎과 이파리로 물들인 술떡은 정말 아름다워서 함부로 먹을 수가 없었어요.

─오메, 감나무, 강릉에도 감나무가 있고만요. 우리 고향에는 감나무가 너무 많아서 산에 올라가서 보면 집은 안 보이고 감나무만 보였단게요. 감이 노랗게 물들면 따서 소금물에 재워 우린감도 만들어 먹고 태풍 불어 떨어진 감 주워서 감식초도 만들고 겨울에는 홍시를 장독에 갈무리해 뒀다가 하나씩 꺼내 먹고…….

하지만 엄마는 감에 얽힌 추억을 내게 말하며 운 적이 있었다. 먹을 것이 너무 없어서 떫은 감을, 떫은 감을 너무 먹다가 밑이 막혀서, 밑이 막혀서 아이고오, 아이고오, 어머니이, 하면서 말이다.

나 같으면 그렇게 울면서 말할 정도로 슬픈 추억이 있는 감나무를 결코 아름답다고 하지 못할 것이라고 생각했다. 어른들은 때로 아름답지 못한 것도 아름답다고 하고 싶어 하는지 모른다. 그런 생각을 하자 인생이란 생각보다 복잡한 것일지도 모른다는 생각도 들었다.

우리는 한밤중이 다 되어서야 강릉에 도착했다. 기사 아저씨는 차에 우리 짐을 그대로 실어 둔 채 자기 집으로 갔다. 엄마와 나는 차 안에서 잠깐 잠을 자고 날이 밝자마자 엄마 말대로 여수 살던 때와 하나도 다름없이, 여수에서 살 때와 거의 비슷한 동네에 방을 얻어 들고 엄마는 그다음 날부터 식당에 나가 일을 했다. 기사 아저씨는 고향에 온 김에 좀 쉬다가 엄마가 식당에서 미리 당겨 받은 돈을 받고 강릉을 떠났다. 나는 그렇게 강릉 아이가 되었다. 엄마의 강릉 생활은 여수에서와 하나도 다른 것이 없었다. 그렇지만 나는 여수 살 때의 내가 아니었다. 나는 아무도 모르게, 다른 아이가 되어 버렸다. 사람이 어제와 다른 사람이 되는 것은 그렇게 아무도 모르게 되는 것이다.

*

나는 화장실로 안 가고 숲으로 갔다. 이야기 시간이 끝나고 노래 시간이 된 모양이었다. 선생님이 치는 기타 소리에 맞춰 아이들의 노랫소리가 들려왔다. 무리와 떨어져서 듣는 음악 소리는 아름다웠다. 무리와 떨어져서 바라보는 밤하늘의 별들도 아름다웠다. 열다섯 살이면 외로움이 뭔지도 알 나이지만, 아름다움이 뭔지도 알 나이라는 걸 나는 그 숲에서 알았다. 숲에서 나가면 나는 아름다움에 대해서 말해야겠다고 생각했다. 아이들은 노래 불렀다. 여수 밤바다,라는 노래였다. 가슴 한편이 싸해지면서 눈물이 나왔다. 나는 지금 강릉의 숲에 와 있다. 밤이 깊을수록 별들은 더욱 영롱하게 반짝였다.

구병모

화갑소녀전
火匣少女傳

눈을 가늘게 떠 봅니다. 실크해트와 프록코트 차림의 신사가 지나갑니다. 이 거리에서 좀체 만나기 힘든 종류의 사람이죠. 가죽 장갑에 외알 안경, 외투 주머니 밖으론 회중시계의 일부로 짐작되는 금줄이 흘러나와 있어요. 나는 가려던 길을 잠깐 잊고 그에게 달라붙어선 팔짱부터 끼고 봅니다. 이 거리에선 무언가를 파는 이들 모두가 이렇게 합니다. 몸을 밀착시키면 얻어맞거나 구둣발에 차일 확률이 더 높아지지만 한편으론 깔끔한 옷을 입은 신사나 귀부인이 기겁한 나머지 얼른 동전이라도 던져 주고 빠져나갈 가능성 또한 커지니까요.

　그러나 신사는 동정 어린 눈빛을 잠깐 띠면서도 단호하게, 자신은 담배를 피우지 않고 불이 필요 없다며 내 팔을 떨쳐 내곤 먼지 터는 시늉을 합니다. 참으로 점잖고 양심 있는 진짜 신사입니다. 나쁜 사람들한테 잘못 걸리면 등 치기만 당하고 동전도 못 얻는 수가 많으니까요. 그 멀어지는 뒷모습 너머로 거대 화광(火光) 공장의 검은 기둥이 보입니다. 화광 공장의 윤곽은 밤하늘에 경계가 녹아들어 그 규모를 감히 짐작할 수 없습니다.

신사가 사라지고 나니 이곳에 다시금 넘쳐 나는 건 병자와 빈자에 어디를 둘러봐도 나랑 입성이 다르지 않은 이들뿐이어서, 한번 불을 붙이면 당신의 손끝은 물론 심장까지 태울 만큼 뜨거운 불꽃이 오래가는 성냥 팔아요 — 같은 과장을 아무에게도 들려줄 수 없으며 오히려 성냥 든 바구니를 통째로 빼앗기지나 않으면 다행일 정도로 서로의 표정과 몸짓은 음산하고 흉포합니다. 게다가 성냥을 산다는 행위 자체가 이 거리 사람들에게 있어서는 상당한 모험이랍니다. 누군가가 성냥을 필요로 한다 함은 불을 붙여 밝힐 등잔과 기름이 있다는 뜻이며, 좀 더 넉넉히 생각해 보자면 저녁 식사로 수프를 끓일 시든 채소와 반 토막의 고기가 있음을 암시하기도 하는 만큼, 거리에 들끓는 부랑아들에게 얼마 안 되는 식량과 재산을 약탈당할 가능성도 따라서 높아지는 셈입니다. 그럴 바에야 웬만한 어둠과 추위라면 차라리 달래어 길들이는 편이 낫지요. 익히거나 끓이지 않은 음식을 허겁지겁 주워 먹고 배앓이를 하는 편이 모조리 빼앗기는 것보다 낫고요.

눈보라에 성냥이 젖을까 바구니 뚜껑을 단단히 덮습니다. 두어 시간 전에 헐거운 누더기나마 신발 한 켤레가 생겼습니다. 목적지도 분명해졌으므로 눈을 맨발로 밟으며 기약 없이 헤매지 않아도 된다는 사실이 휘청거리는 다리에 힘을 실어 주며, 그것이 한 시신에서 벗겨 낸 신발이라는 죄의식도 묽어지게 합니다.

그녀는 왜 얼어 죽었을까, 신을 신고 있는 걸 보면 적어도 죽기 전까지는 어느 정도 호강을 누렸나 본데—처음 시신을 발견했을 적에 든 생각이었습니다. 그러나 곱은 손가락은 이미 그녀의 신을 벗겨 내려 힘을 주었고, 맨발에 얼어 들러붙었는지 한 짝이 영 떨어져 나오지 않기에 하다 하다 결국 아까운 성냥 한 개비에 불을 붙여 뜯어냈습니다. 벗겨 내고 난 다음에 알아차린 사실인데 신이 내 발에도 클 뿐만 아니라 그녀 발에도 썩 잘 맞지 않았던 걸 보면 색깔도 그렇고 영락없이 남자 구두였기에, 그녀 또한 누군가한테서 벗겨 낸 신을 되는대로 꿰어 신었던 모양이므로 나는 자신의 행동을 합리화할 수 있었습니다. 단단히 굳은 그녀 몸을 뒤집어 보니 배와 가슴이 부풀어 있었는데, 시신에서 흘러나온 오물이 몸에 붙어 그대로 언 모양을 보아서는 배 속 아기가 아직까지 살아 있을 가망은 없어 보였어요. 나는 신을 벗겨 가는 보답이라고 하기엔 좀 무엇하지만 오물로 뒤덮인 그녀의 하반신을 눈으로 잘 덮어 주었습니다. 이 거리에서 시신이 발견됐다 하면 연고 없이 방치되기 일쑤인데 봄이 찾아오기 전까지는 이 열악한 가매장 상태를 그럭

저럭 유지할 수 있을 것 같았습니다.

그렇게 노획한 신을 신고 찾아갈 곳은 저 화광 공장입니다. 빛과 열기와 무엇보다도 하루 치 빵을 찾는다면 폭설과 성에의 거리에서 미련하게 성냥이나 팔지 말고 화광 공장의 문을 두드려 보라 말한 것은, 호외 뭉치를 옆구리에 낀 남자애였습니다.

그 애가 말하기를, 이 구역에서 남쪽으로 네 구역만 걸어 나가도 거기서는 성냥 같은 걸 구경하기 힘들다는 거였어요. 그곳에 사는 사람들 대부분은 '증서'를 가졌기 때문이랍니다. 그 애도 증서란 것을 만져 본 적은커녕 구경해 본 적도 없지만 그것이 어디에 쓰이는지는 안다고요. 그건 일종의 결혼반지 같은 거라고 해요. 신부의 넷째 손가락에서 언제까지나 변색되지 않고 빛나는 보석의 약속과도 같아서, 그걸로 저 화광 공장에서 만들어 내는 '힘'을 얻을 수 있다고 합니다. 저 안에서 만들어진 힘은 바깥세상에서 빛이나 열이나 또 다른 무언가가 되어 세상을 움직인다고 해요. 그러니 저렇게 커 보여도 실은 단순한 톱니바퀴 같은 거라고 말이에요.

나는 처음에 그 애의 말을 믿지 않았어요. 정말로 저 검은 기둥이 괴물의 아가리가 아니라 눈부신 빛과 따뜻한 열의 근원이 되는 힘을 만들어 내 주는 것이라면, 어째서 네가 먼저 저곳으로 가지 않고 나더러 가라는 거야? 그러자 그 애는 호외 뭉치를 두드려 보이며 말하기를, 이것도 저곳에서 만들어 내는 힘이 있어야만 찍어 낼 수 있다고요. 자신은 이곳에 살고 있긴 하지만 두 다리가 튼튼

하고 하루에도 몇 번이나 네 구역 정도는 오갈 수 있기 때문에 사람들에게 신문을 돌리고 동전을 받는 것이며, 이 뒷골목이 아닌 제대로 된 거리로만 나가 보아도 세상에는 글을 읽을 만큼 교양 있고 현명한 사람들이 많아서 먹고사는 데에 큰 문제는 없다고요. 그러나 저 화광 공장의 불빛이 꺼지면 신문도 찍을 수 없고 그 이전에 사람들은 아무것도 읽을 수도 먹을 수도 녹이거나 데울 수도 없어서 도시 전체가 입에 자물쇠나 채운 듯 침묵에 잠길 텐데, 그런 상태에서 남아 있는 휴지 조각을 신문이라고 돌려 보았자 그것은 아무도 찾아오지 않는 공동묘지를 지키는 해골의 일과 다르지 않으니, 자기로서는 한 명이라도 더 많은 사람이 화광 공장에서 일해 주는 게 좋다고 말이에요.

남자애가 그렇게 자기 편한 대로 속내를 드러냈지만 나로서는 그 애의 말을 한 귀로 흘릴 이유가 없었습니다. 내가 마침 얻어 가지고 있던 것이 하고많은 것들 가운데 증서의 시절에 뒤처진 성냥이었을 뿐, 성냥이 나를 대표하는 휘장도 아니며 내가 파는 것이 반드시 성냥이어야만 하는 이유는 그 어디에도 없었습니다. 성냥 한 개비의 무게와 그것을 그어 피워 올릴 수 있는 불꽃의 열기는 눈앞의 빵에 비하면—더 나아가 그 이름부터도 어딘지 모르게 단단하고 풍요로우며 기댈 수 있을 것만 같은 '힘'에 비하면 보잘것 없었습니다.

너 가서 자리 잡으면 내 은혜 잊지 마. 배불리 먹는 건 물론이고 성공하기도 어렵지 않을 거야. 착하고 예쁜 애들은 어딜 가서도 뭐든 팔 수 있다더라. 아, 물론 성냥은 말고.

나는 불 밝힌 창들이 괴물의 앞니처럼 날카롭게 나를 쏘아보고 있는 화광 공장을 향해 걸어갔습니다. 그 애의 말을 완전히 다 믿을 수는 없었기 때문에 팔에 건 성냥 바구니는 내내 버리지 않은 채로였습니다. 그도 그럴 것이 꿈 같기만 한 이야기였으니까요. 공장에서 나 같은 어린애를 써 줄까? 그 이전에 화광 공장은 정말로 불을—그러니까 우리는 그저 익숙한 대로 '불'이라고 부르지만, 이른바 힘을 만들어 내는 곳일까? 나는 힘을 어떻게 만들어 내는지는 차치하고 그것이 어떻게 생겼는지도 알지 못합니다. 뜨겁게 타오르며 살을 녹이고 피를 태우며 온몸을 집어삼키는 게 아니라면 그것은 불이 아니라는 것만은 압니다. 성냥이라는, 작고 힘없고 조금만 힘을 주어도 부러져 버리는 물건조차 제 몸을 태워 따뜻한 불을 한 점 피우는데, 무엇하러 이렇게 거대한 공장에서 그 불을 일으키는 힘을 만들어 낸다는 걸까요. 힘이란 그 정도로, 우리로선 헤아릴 수 없는 크기의 어떤 것일까요. 다 떠나서 남쪽 구역의 증서 가진 사람들이 쓸 힘이라면 그걸 왜 우리 지역에서 만드는 걸까요. 공장은 그들 사는 곳이 아닌 이곳에 있고 하루에도 몇 차례씩 공장 안 생산물인지 폐기물인지를 실어 나르는 거대 차량들이 들락거리는데, 어째서 우리는 그것을 가지기는 고사하고 만져 볼 수도 없는 걸까요. 참으로 모를 일입니다. 그러나 만에 하나 정말

나 같은 아이라도 일하게 해 준다면, 적어도 거기서 일하는 사람에게는 남쪽 구역 사람들의 반의반 토막쯤 되는 작은 증서나마 주지 않을까요. 나도 힘을 얻거나 쓸 수 있지 않을까요. 검은 입을 벌린 공장 입구에서 두려워하거나 위축되기보다 나는 왠지 모르게 기대가 되었습니다.

공장 입구에서 나는 한 경비원을 만났습니다. 그는 온몸이 두툼한 갈색 털로 뒤덮였으며 길고 풍성한 꼬리가 발아래로 처져 있었습니다. 바로 옆에는 꼭 두 사람 정도 들어앉아 쉴 수 있을 만한 상자가 있었고 그 안쪽에 난로가 보였습니다. 경비원은 채용 공고가 아직 나지 않았다며, 지금 들어온들 채용을 승낙할 만한 높은 분을 만나기 힘들 테니 다음에 오라고 말했습니다.

그 높은 분은 안 계시나요,라고 묻자 경비원이 대답하기를, 계시고 안 계시고 간에 자기도 함부로 뵐 수 있는 분이 아니며 세상의 그 누구도 미리 약속을 잡지 않으면 만날 수 없다는 것이었습니다. 나는 다 떨어진 큰 신발과 까져 피가 흐르는 발꿈치를 보여 주며, 이 지친 몸으로 왔던 길을 돌아가다가는 얼어 죽을지 모르니 곁불이라도 쬐게 해 달라고 사정했습니다. 경비원은 난처하다는 듯이 내 얼굴을 내려다보다, 이윽고 송곳니를 드러내며 미소를 지어 보였습니다.

그리하여 내가 난로에 다가가 곁불을 쬐는 동안 경비원은 상자

안에서 내 오른쪽 가슴을 만졌습니다. 그 전까지 분명 난로 옆에 있었을 테고 털옷까지 입었으면서 손은 차갑고 축축했어요. 그 어깨 너머의 난로 불빛은 흔들리는 꼬리에 가려 잘 보이지는 않았지만 곧 얼어 버릴 것처럼 푸르스름한 색이었습니다.

일을 마친 뒤 그는 내 바구니를 덮은 보자기를 걷어 보더니 담배를 피우게 성냥을 달라고 했습니다. 난로가 있잖아요, 대답하자 그 불은 담배를 피울 때 쓸 수 없는 불이며 난로 덮개를 자기가 함부로 열지 못하게 되어 있다고 그랬습니다. 무엇보다 난로는 불로 돌아가는 게 아니라 공장 안에서 바깥으로 공급하는 힘으로 움직이는 거라고요. 그래서 붉어야 할 불이 그렇게 푸르게 보였나 봅니다. 힘이란 그것이 무엇이든 우리가 흔히 알고 있던 불과는 모습이 같지 않을 테니까요. 나는 옷을 입고 성냥을 절반 덜어 그에게 나눠 주면서, 통행세를 이중으로 받다니 조금 지나치다고 생각했습니다.

공장 문이 열렸지만 그것은 어디까지나 대문이었을 뿐 나는 곧이어 한기가 도는 또 다른 로비로 들어서서, 아름답고 눈부시지만 무겁고 단단해 보이는 현관문을 올려다보았습니다. 로비는 바깥과 다를 바 없는 기온이었고, 밖에서 본 것처럼 안쪽에 난로가 엿보이는 작은 상자가 눈에 띄었습니다. 현관문은 금빛 빗장으로 가로질려 있었으며 거기에는 새로운 경비원이 있었는데, 아까 본 이와는 옷차림이 달랐습니다. 그는 진회색 양복을 입었고 반달 모양의 귀에 길고 낭창거리는 꼬리를 갖고 있었는데, 경비원이 아니라 공장장의 비서라고 그랬습니다. 경비원이나 비서나 내게는 별다를 바 없었고, 나는 다만 그 비서가 나를 공장장님께 데려다 줄 것인지가 궁금했습니다. 그러나 비서는 고개를 저었습니다. 너는 도무지 힘이 없어 보여. 힘을 만들어 낼 수 있을 만큼의 힘을 못 쓸 것 같아! 힘을 만들어 내는 데에는 많은 힘이 필요해. 공장에서는 한 사람분의 힘을 얻기 위해 두 사람을 채용하는 비경제적인 짓은 하지 않아! 그래서 나는 말했습니다. 당신이 생각하는 것보다 나는 팔도 다리도 힘이 좋아요. 한 사람분의 힘을 내는 데 나 같은 사람 둘이 필요한 게 아니라, 오히려 내가 두 사람 몫을 할지도 모르잖아요? 그리고 내가 힘을 만들 만큼 힘이 있는지 없는지를 판단하는 것이 당신의 일인가요?

그래서 비서는 나를 공장장님께 데려다 주기로 약속했습니다. 다만 공장장님은 지금 매우 중요한 손님을 만나 중요한 일을 하시는 중으로, 그 일을 마치려면 적어도 한 시간은 걸릴 것이니 그때까지 기다려야 한다고 말했습니다. 비서는 내가 천장 높은 로비에서 떨며 기다리지 않도록 자기의 상자에 들여보내 주었습니다. 그러고는 내 왼쪽 가슴을 만졌습니다. 거기에 더해 아까 밖에서 경비원이 그랬던 것처럼 내 바구니를 열어 보곤 자기에게도 성냥을 나눠 달라고 했습니다. 나는 단 한 갑만을 남긴 채 나머지 성냥을 모두 주어 버렸습니다. 역시 이중 통행세라는 생각이 들어 의아했는데 비서가 말하기를, 성냥은 통행세가 맞지만 가슴은 곁불에 대한 비용이라는 거였습니다.

안내받은 대로 길고 긴 복도를 따라간 끝에 나는 드디어 공장장님과 만날 수 있었습니다. 공장장님의 방은 난로가 없는데도 풍문으로나 주위들은 열대처럼 따뜻해서, 나는 곧 녹아내리는 눈사람이나 된 듯 그 자리에 허물어졌습니다. 기온이 급변한 탓으로 어지러움과 구토증이 일어 내 눈이 어떻게 됐는지는 몰라도 공장장님은 무척 이상하게 생겼습니다. 얼굴은 약간 얼룩얼룩했고 머리와 옷은 검었으며 손발 개수가 보통 사람보다 좀 많은 것 같았는데 그건 어디까지나 내 착각이라고 해 두더라도 전체적인 생김새도 그렇거니와 몸집이 매우 왜소하여 내 엄지손가락으로 가릴 수 있을 것처럼 보였기 때문에 마치 바구미 한 마리를 보는 듯한 느낌이었습니다. 그래도 어쨌든 이 공장을 이끄는 분이고 이 공장이 없으면 도시의 모든 일이 돌아가지 않는다고 하니까 보기엔 이래도 엄청난 힘을 가진 분이겠지요.

바구미 공장장님과의 면접은 생각보다 오래 걸리지 않았습니다. 바구미 공장장님은 서류에 글자를 몇 자 적더니, 비서를 따라가서 여기 쓰인 대로 하고 이 서명을 보여 주면 숙식이 제공됨은 물론 지금 바로 일을 시작할 수 있다고 했습니다.

감사 인사를 남기고 그 방을 나오기 전 공장장님은 내 다리 사이에 손을 넣었는데, 그것은 일종의 소개료라고 생각됐지만, 공장장님이 바구미처럼 너무나 작았기 때문에 손이라고는 하나 사실 상 머리와 몸통 전부가 들어온 것과 다름없었고, 방을 나서면서 나는 해충에 물린 듯 온몸이 가려웠습니다. 어쩌면 방이 너무 더워서 피부가 놀란 탓일지도 몰라요. 공장장님은 세상에서 제일 큰 힘을 가진 분이기 때문에 단 한 갑 남은 내 성냥 따위는 필요로 하지 않았고, 나는 바깥세상의 추위와 고통을 잊지 않으며 다시는 그리로 돌아가지 않겠다는 표지로 삼기 위해 성냥 한 갑을 주머니에 깊이 찔러 넣었습니다.

공장 입구에서부터 생김새가 기이한 이들을 줄곧 지나쳐 온 까닭에 이 공장에서는 대체 어떤 사람들이 일하고 있는 건지, 과연 '사람'들이 맞기는 한지 조금 걱정됐지만, 지정된 방에 들어서 함께 먹고 자며 일하게 된 직원들을 만나 보니 다행히 바깥세상에서 본 것과 같은 보통의 사람들이라 안심했습니다.

다른 이들과 마찬가지로 내가 해야 할 일은 물론 내 힘을 써서 외부에 작용하는 힘을 만들어 내는 일이었습니다. 먼저, 만들어 낸 힘이 바깥세상에서 어떻게 활용되는지부터 반장에게 교육받았는데 이건 꽤 합리적이고 체계적인 과정이라 여겨졌습니다. 자기가 무엇을 하는지, 자기가 한 일이 어디에 어떻게 쓰이는지를 아는 것은 자신의 존재 가치를 가늠하는 데에 중요한 부분입니다. 비록 교육 내용은 신문 팔던 아이한테 들은 것과 크게 다르지 않았고 힘이 발생하는 근본 원리까지는 이해할 수 없었지만, 같은 말이어도 관계자에게 직접 들으니 괜히 무게가 달랐습니다. 그래 봤자 우리가 힘을 모으면 그것이 바깥세상에서 쓰일 수 있는 형태의 좀 더 큰 힘으로 바뀌고, 그 힘이 사람들로 하여금 편안한 생활을 하게 해 준다는 것만 알면 된다는 정도였습니다. 그러니까 우리의 운동량이 어떤 거대한 '장치'를 통과하면 빛이나 열의 근원이 된다는 것이었는데, 그 장치 안이 실제로 어떻게 생겼는지 본 사람은 직원 중에서도 단 몇 명뿐이라고 합니다. 그러나 분명한 건 그 빛과 열이 없으면 칫솔 한 개 만들어 낼 수 없고 포도 한 송이 열리기도 힘들다는 거예요. 이른바 이 공장은 새로운 천지 창조의 장소나 다름없으며, 그렇게까지 거창하게는 아니더라도 세상 모든 가족이 떨지 않고 고기와 수프를 익히고 데워 먹을 수 있는 한편 밤늦도록 책을 읽거나 담소를 나누기에 불편 없도록 대낮처럼 온 집 안이 환한 일상을 우리 힘으로 이루어 낸다는 것만으로도 충분히 대단하지 않으냐고 말이에요. 내 기억에 단 한 번도 가져 본 적 없는 일상이었고 꿈속에서도 만나 본 적 없는 장면이었기 때문에 나는 그럼요, 대단하고말고요, 하고 몇 번을 주억거렸습니다. 그렇지만 반장이 새 작업복을 지급한다며 내 옷을 벗기곤 주머니에서 떨어진 성냥을 신기하다는 듯 내려다보면서 이런 쓸데없는 고대의 물건은 갖다 버리라고 말했을 때 나는 고개를 저었습니다. 의지가지없는 누구더라도 기념품이나 부적은 하여간 있어서 나쁘지는 않으니까요.

흰색 작업복은 머리부터 발가락 끝까지 통으로 이어 붙인 모양이었는데 몸에 달라붙지 않고 펑퍼짐해서 아무리 빈틈없이 지퍼와 단추를 채워도 몸과 피복 안쪽 사이에 공기가 차게 되어, 누구든 그걸 입으면 사람 아니라 자루를 뒤집어쓴 흰곰같이 보였습니다. 그때 비로소, 우리가 곰처럼 보이는 것과 마찬가지로 내가 환각이라 간주했던 경비원이나 비서, 공장장님도 각자 자기 역할에 맞는 옷을 입어서 그렇게 보인 게 아닐까 싶기도 했습니다. 작업복은 표면이 반들거려 불빛 아래에서 움직이는 각도에 따라 반짝임과 일렁임이 번갈아 나타났지만 그 천은 막상 만져 보면 생각만큼 부드럽지 않고 팔다리를 움직일 때마다 서걱거렸습니다. 일하기에 간편해 보이지도 않았고 공장에 소속감이나 애사심이 생길 만한 모양의 옷은 더더욱 아닌 데다 마치 절박한 위기로부터 몸을 보호하기 위한 최소한의 장치처럼만 보였기 때문에 어째서 이런 옷을 입고 일해야 하는지는 알 수 없었지만, 규칙이라고 하니 별수없었고 오래지 않아 그 옷에 익숙해져서 교대 뒤에도 그걸 입은 채로 쓰러지듯 잠드는 이들도 있었습니다.

그 옷을 입고 나는 다른 사람들과 함께 일했습니다. 비서가 했던 말마따나 일은 힘이 많이 들었지만 뛰어난 기술이나 지혜 내지는 순발력을 필요로 하지는 않았습니다. 그뿐만 아니라 우리의 힘을 모은다던 말과는 달리 협동을 필요로 하는 일도 아니었습니다. 그저 팔과 다리를 움직여서 온몸으로 쏟아 내는 힘을 보이지 않는 항아리에 퍼부어 넣는 것과 같은 단순한 일이었으니까요. 신이 은혜로운 손길로 항아리에 담아 가둔 힘을 어루만지고 나면 그것이 또 다른 형태의 힘으로 바뀌어 바깥세상에 공급되는 과정의 반복이었으니까요.

우리는 삼백 명이 누워 잘 수 있을 만큼 넓은 조종실 안에서 일하지만, 실제론 서로의 몸과 몸 사이에 주먹 하나 들어갈 만큼의 공간만을 두고 빽빽이 앉아서 팔다리를 움직여 양손의 레버를 차례로 당기고 양쪽 페달을 밟았으며, 잡담을 하지 않고 일에 집중할 수 있도록 각각 칸막이가 쳐져 있었기 때문에 조종실이 결코 넓다고 생각되지 않았어요. 그 안에 들어간 사람은 칠백 명에 이르러 모두 몸 돌릴 틈 없이 꼿꼿이 앉아 일했고, 문득 고개를 들어 둘러보면 둥근 머리밖에 보이지 않아서 나는 꼭 성냥갑 안을 보는 것 같았지요. 어차피 작업복은 눈과 코 부분만 뚫려 있어서 잡담하기에 좋은 조건도 아닐뿐더러 누가 누군지 알아보기도 쉽지 않아서 대화 자체가 될 리 없는데 뭐하러 이렇게 칸막이까지 쳐서 격리해야 했는지는 의문입니다.

각자의 레버와 페달은 긴 줄로 어딘가에 이어져 있는 듯했는데 그곳이 어딘지는 모르지만 이 줄을 짚어서 조종실 밖으로 무한정 따라가면 그 끝에 문제의 항아리가 있을 터였습니다. 우리는 단 한 번도 보지 못한 힘 모으는 항아리가 있는 곳을 가리켜 막연히 '중앙'이라고 불렀습니다. 호기심 있거나 머리가 좋은 일부 사람들은 그게 어떻게 생겼으며 얼마나 큰지 상상하기도 했고, 그 안에서는 어떤 일이 일어나기에 힘의 형태가 바뀐다는 것인지를 궁금해하기도 했지만, 그것은 어디까지나 말뿐이었습니다. 일을 마치고 나면 모두가 지쳐서 간신히 식사하고 죽은 듯이 쓰러져 잠들기 바빠 그 이상으로 무언가를 깊이 생각하거나 고민할 여유는 없었습니다. 삼교대로 돌아가면서 일하는데도 네댓 시간 눈을 붙이고 일어나면 누구 하나 팔다리가 돌처럼 굳어지지 않는 사람이 없었습니다. 다시 억지로 몸을 움직이면 찌릿한 고통과 함께 온몸의 기관들이 삐걱거리는 소리를 내며 제자리를 찾아 갔으므로 그러는 동안 그 마비의 느낌도 점차 부드럽게 풀렸고, 얼마쯤 지나서는 그 과정에도 익숙해졌습니다. 그러나 마른 빵과 채소 수프라는 최소한의 식사를 바탕으로 온몸의 기름과 피를 태워 가면서 뽑아내는 힘이었기에 눈에 띄지 않을 만큼 조금씩 모두의 피부가 버석버석해지고 얇아졌다는 사실을, 피부가 가느다란 뼈에 들러붙을 만큼이 되고 나서야 사람들은 알아차렸습니다.

무엇보다 우리가 힘을 뽑아 힘을 만들어 내는 사람들인데도 정작 우리에게는 '증서'가 주어지지 않았습니다. 물론 우리는 증서가 없이도 공장에서 공급하는 힘을 통해 열과 빛을 이용하여 하루 두 끼 식사를 할 수 있었고 따뜻한 물로 목욕도 할 수 있었습니다.

다만 그것은 어디까지나 공장의 것을 공장의 필요에 의해 빌려 쓰는 정도였고 그나마도 절약하지 않는다며 언제나 성화를 들었습니다. 노동력을 뽑아내기 위한 최소 생존 요건 이상으로는 우리에게 '여분'의 증서가 주어지지 않았던 겁니다. 우리가 쏟은 힘만 봐서는 여분의 증서를 얻고도 남을 자격이 있을 법한데 말이에요. 나는 혼자 떠돌던 성냥팔이니 마음이야 조금 불편해도 그럭저럭 버틸 만했지만, 집에서 식은 수프와 추위를 말없이 견뎌 낼 가족이 기다리는 사람들은 사정이 달랐습니다. 그들은 열심히 일하면 언젠가는 자신의 가족도 증서를 가질 수 있게 되리라는 희망으로 들어왔거든요. 그러나 여전히 그들의 가족은 이제는 고대의 도구로 불리는 성냥을 조금씩 사는 한편 다른 여러 방법을 동원해 근근이 살아가고 있었고, 우리 월급으로 증서를 타 낼 만한 신분에 오르려면 공장 생활을 하는 동안 아무것도 먹지 않고 어디에도 쓰지 않고 꼬박 모은다고 했을 적에 평균 이십사 년이 걸린다는 계산이 나오자, 개중에선 일을 포기하고 고향으로 돌아가는 사람들도 적잖이 나왔습니다. 나 같은 어린애가 다짜고짜 밤늦게 쳐들어갔는데도 그 자리에서 채용된 이유를 짐작할 수 있었습니다. 나 말고도 그런 식으로 찾아온 이가 한둘은 아닌 모양이니, 대체할 만한 사람이 모자라서 공장이 돌아가지 않은 적은 없나 봅니다. 그걸 보면 채용 공고 운운했던 경비원의 말은 그저 허위 과장이었어요.

하지만 대부분의 사람들은 그렇게 빨리 포기의 길로 가지는 못

했어요. 그러기엔 그동안 움직여 온 팔다리에게 미안할 정도로 이미 오랜 시간을 사각의 틀 안에서 보내 버렸으니까요. 떠나간 사람들은 앞으로 무언가 다른 일을 할 가능성이나 자신감이라도 있는 이들이었고, 남아 있는 사람들은 나이를 많이 먹었거나 몸이 불편하다는 등의 이유로 새로운 일을 배우기엔 늦은 이들이었어요. 기다리는 가족에게 증서는 못 전해 주지만 빵 한 조각이라도 벌어다 줄 수 있다고 생각하면 미지의 장소에 손을 뻗기보다는 지금 여기서 레버를 당기고 페달을 밟는 게 차라리 나은 일이었어요. 반장과 그보다 더 높으신 분들은 우리가 일하고 있는 데를 수시로 돌아보고 빈자리와 새 얼굴을 둘러보며, 요즘 젊은 사람들은 끈기도 근성도 없어서 큰일이라고 중얼거리곤 했습니다. 한편 나로 말할 것 같으면 내 한 몸만 생각했을 때 언제든지 공장의 담벼락 너머로 돌아갈 수 있는 나이임에도 불구하고 그렇게 하지 못했습니다. 다시 바깥세상의 추위와 마주한다는 상상만으로도 머릿속을 물처럼 흐르던 생각은 뚝 그치고 말라붙어 버렸습니다. 공장 안 숙소라는 작은 세상이 주는 최소한의 온열이란, 세상에 태어나 한 번도 맛본 적 없는 달콤한 초콜릿이나 부드러운 케이크와도 같은 장력으로 나를 끌어당겨 현실에 붙박아 놓았습니다.

그렇게 내가 무얼 하는지, 무얼 만드는지도 잊고 여느 때처럼 레버를 당기던 끝에 찾아온 어느 날이었습니다. 나는 나흘째 숙소에 누워 일을 나가지 못하고 있었습니다. 힘이 없어서 힘을 만들어 내지 못했기에, 드러누운 지 이틀째부터 내게는 빵이나 돈이 지불되지 않았습니다. 내가 누운 한 뼘의 공간에는 불이 들어오지 않았는데, 다른 사람들도 내게 불 땐 자리를 양보해 줄 만한 여유가 없었습니다. 이곳에서 이유 없이 사라진 사람들의 시작이 대부분 그랬습니다. 먼저 코피가 나면서 흰 작업복을 붉게 물들입니다. 얼마쯤 있다가 그치겠지 하며 고개를 위로 들고 일을 마저 하는데, 콧구멍에 다 고여 있지 못해 출렁이던 피가 두 줄기로 양 뺨을 적시면 이게 단순 피로에서 비롯된 것이 아니며 멎지 않으리라는 걸 비로소 알게 됩니다. 이런 식으로 피가 흐르기 시작한 사람은 곧바로 다른 이들과의 접촉이 차단되며, 혈액 불충분과 함께 얼굴은 빠른 속도로 검푸르게 시들고 몸은 말라 가면서 마디마디 뼈가 불거져 곧 피부를 뚫고 나올 것처럼 되어 버립니다. 손가락으로 지그시 누른 자리는 움푹 꺼져 들며 그 자리에 피멍이 고이지요. 아무도 선뜻 믿으려 하지 않지만 흉흉한 소문에 따르면 사라진 사람들은 공장을 그냥 떠나간 게 아니라 예의 '항아리'에 연료로 던져져 항아리의 일부로 살아가고 있다고도 했습니다. 거죽만 남은 사람이라도 그 뼈와 장기에는 힘으로 변용이 가능할 만한 여러 가지 성분이 조금쯤 들어 있다고 하니 그래서 나온 소문 같았습니다.

피로 오염된 작업복을 가지런히 개켜 놓고 이곳에 처음 들어왔을 적에 입었던 옷으로 갈아입습니다. 나는 증서를 받으려 발버둥친 적 없고 다만 바깥세상의 혹독한 추위를 마주하기 두려웠던 것인데, 창문마다 덧문이 닫혀 있고 그것을 열어 볼 생각도 하지 못한 채 이곳에 들어온 지 얼마나 오랜 시간이 흘렀는지 손가락을 꼽아 보지도 않았기에 지금은 이미 추위가 물러가고 봄날의 새순이 돋은 때라는 사실도 몰랐습니다. 내가 스스로 손을 뻗어 그 덧문을 열기만 했으면 알 수 있는 일을, 날마다 녹초가 되어 그대로 나가떨어진다는 이유로…….무엇보다 누운 등을 늘 데워 주던 온열에 익숙해진 탓에 그렇게 하지 않았던 겁니다. 지금은, 누구에게나 주어지는 한 데나리온과도 같아야 할 햇빛 한 줄기조차 들지 않는 공장 안이 바깥보다 더 춥다는 사실을 압니다. 다만 이제 너무 늦었고 내 몸이 그리 오래 버텨 주지는 않을 것입니다.

나는 이 거대한 공장의 미로 같은 통로를 따라 어디론가 걷고 있었습니다. 목적지는 출구였는데, 몸이 매미 허물처럼 부서지기 전에 양지의 햇빛을 한 번 더 보고 싶었을 뿐인데, 여기 처음 들어왔을 때는 그렇게 찾기 쉬울 것 같던 공장 문이 이제는 어디 붙어 있는지 알 수 없습니다. 나가는 문을 찾지 못할 만큼 나는 이곳에 오랜 시간 길들여진 걸까요. 이곳이 너무 크고 복잡하거나, 내 몸이 아프고 머리가 어지러워 찾지 못하는 걸까요. 나는 내가 어디서 있는지 알 수 없었습니다. 모두가 좁은 칸막이 사이에 틀어박혀 일하고 있을 조종실 말고는 공장의 어디나 어둡고 스산하기 이를 데 없었습니다. 그리고 보니 현관을 통과하면서부터는 줄곧 비서나 누군가의 손에 이끌려 그들 뒤만 따라다녔기에, 이제 이 어둠 속에서 나 혼자서는 길을 찾지 못하는 것일지도 모릅니다.

입김을 불다 문득 주머니에 넣은 손에 작고 네모진 성냥 한 갑이 만져졌습니다. 바구미 공장장님이 필요로 하지 않았기에 내 손 안에 남아 있는 성냥 한 갑. 그걸 그어 언 손도 잠깐 녹이고 눈앞을 밝혀 나가는 길을 찾을 수 있다면 얼마나 좋을까요.

성냥이 제 머리를 태우며 어둠을 밝혔습니다. 작디작은 불빛이었지만 나는 더 이상 춥지 않았습니다. 그러나 표지가 될 만한 물건이 전혀 없는 텅 빈 미로를 걷는 동안 성냥은 내가 스무 걸음 채 딛기 전에 끝까지 다 타고 검은 재만 바닥에 떨어졌습니다. 그래도 포기하지 않고 어둠 속에서 다음 한 개, 또 그다음 한 개…… 한 개비씩 집어서 눈앞을 밝히고 데웠습니다. 일찍이 가져 본 적 없는 촉촉한 빵이나 식탁에 둘러앉은 부모님의 미소나 그들 옆에서 타오르는 벽난로 같은 것들이 신기루처럼 눈앞에 떠올랐다가 사위는 불꽃과 함께 지워지기를 반복했습니다.

그렇게 한 치 앞만 더듬어 나가다가 길이 끊겼습니다. 또 한 개비의 성냥불이 꺼졌을 때, 앞으로 뻗은 손에는 차디차고 무거운 벽이 만져졌습니다. 그곳은 막다른 골목 같았고 지금까지 걸어온 길 외에는 다른 방향으로 꺾어지는 통로가 없었습니다. 다시 돌아 나가 지금까지 온 곳을 그대로 골라 디뎌야 하나, 그렇게 할 수는 있을까 의문이 들었을 때 막다른 골목의 벽은 차가운 금속성을 울리며 움직였습니다. 그건 벽이 아닌 문이었습니다.

이게 나가는 문일지도 모른다고 생각하며 힘차게 밀자, 뺨에 사늘한 기운이 닿았습니다. 내 몸은 바깥으로 나간 게 아니라 또 다른 안, 더 깊은 안으로 들어서 있었습니다. 그 안에서는 이 세상을 모두 파이 조각처럼 잘라 내어 잘게 부숴 버릴 것만 같은 굉음이 들려왔고 그 소리와 울림의 정도가 평소 조종실에서 듣던 것과는 비할 바 못 되었는데 이상하게도 사람이 있는 것 같은 느낌은 들지 않았습니다.

나는 무언가에 이끌리듯이 남아 있던 성냥 한 뭉텅이를 모두 그어 횃불처럼 들고 눈앞을 밝혔습니다. 한 개비씩 켤 때보다 더 밝고 큰 불빛이 타오르며 내부를 비추었습니다. 어디다 쓰는 건지 모를 거대하고도 수많은 일련의 쇳덩이로 이루어진 구조물이 드러났습니다. 그 구조물은 차마 내려다볼 수 없으나 아래가 천 길 낭떠러지일 것으로 짐작되는 철제 난간을 사이에 두고 내 손을 뻗어도 닿을 수 없을 만큼 먼 곳에 있었는데, 어쩌면 그것은 공장의 일부가 아니라 사람의 손이 개입하지 않고도 나름의 규칙과 논리에 따라 일사불란하게 움직이는 새로운 형태의 도시 같기도 했고, 어떻게 보면 살아 움직이는 생물 같기도 했습니다. 한 개의 쇳덩이가 다른 쇳덩이를 낳고 그것이 또 다른 쇳덩이를 낳기를 반복하는 것처럼 보였습니다. 나는 마주 세운 두 개의 거울과도 같은 전염과 무한한 증식을 보고 있었습니다. 구조물은 가끔 진동하면서 깊은 곳에서부터 굉음을 계속 길어 올렸는데, 세상에 정말로 신이란 게 있다면 그 신이 이 세상을 만드느라 과로하신 다음 천식에 시달리며 거푸 토해 냈을 기침 소리가 꼭 그랬을 것만 같았습니다. 나는 가끔 남들이 버린 신문지에서 방적기나 기차의 삽화를 구경한 적이 있는데 이런 종류의 기계는 그림으로도 본 적 없었고 세상에 이렇게 한 도시의 크기와 맞먹을 만한 기계가 있다고 들어 본 적도 없었습니다. 어쩌면 이것은 지금까지 내가 공장 복도를 걸어오며 스쳐 지나간 희미한 신기루들과 같은 종류로서, 성냥을 한 다발 다 그었기 때문에 이토록 크고 압도적인 장면이 나타났을지도 모르는 일입니다.

짤막한 성냥 뭉치는 이미 다 타서 발밑에 재로 흩어졌음에도 눈앞에는 여전히 거대한 구조물이 대낮처럼 환하게 드러나 보였습니다. 난간 아래로는 아득한 심연에 붉은 강이 흐르고 있었습니다. 내가 지금까지 그은 성냥의 불빛을 모두 합쳐도 저렇게 깊은 핏빛의 빨강은 나오지 않을 것입니다. 우리가 우리의 힘으로 이 구조물에 지금까지 밥을 주고 있었고, 이것이 그 힘을 삼켜 외부로 내보내는 힘을 만들었다는 걸 이제는 알 수 있었으며, 사라진 사람들이 연료가 된 곳이 어디인지도 짐작할 수 있었습니다.

아래로 향한 머리에 피가 몰리고 눈앞은 붉은빛으로 뒤덮여 다른 것이 보이지 않았습니다. 난간에 걸치고 있던 가슴이 울렁거리면서 팔다리에 힘이 빠져나갔습니다. 내게 남아 있던 힘은 원래의 주인을 찾아 나서기라도 한 것처럼 순식간에 내 몸을 버리고 달아났고, 나는 헌 옷처럼 그 자리에 스르르 무너질 듯하다가 난간 밖으로 하느작거리며 떨어져 내렸습니다. 나를 버리지 마세요. 내게서 멀어지지 마세요. 중얼거림은 어느새 붉은 강에 섞여 들어갔습니다. 그리하여 이제 나는 항아리의 일부가 되어 영원히 항아리 안에서 살며 이 세상을 움직이는 힘을 빚어낼 것이며, 다른 이들은 난간을 더럽힌 검은 성냥 조각들만을 볼 수 있을 것입니다.

김 려 령

파란 아이

"춥니? 입술이 파랗다."

남자가 묻는다.

"아뇨. 원래 그래요."

소년이 대답한다. 강에 발도 담그지 않았는데 소년의 파란 입술이 추위를 떠올리게 했다. 하늘과 강과 소년의 입술이 파랗다. 남자는 백조 모형 튜브에 세 살 남짓한 딸을 태우고 강으로 들어갔다. 소년은 작은 돌 하나를 주워 강으로 툭 던졌다. 대부분의 사람들이 소년을 파란 아이라고 부른다. 그렇다고 소년이 이제껏 들어온, 앞으로도 그러할, 흡혈귀나 물감 삼킨 아이 등등의 별명을 이야기하고 싶지는 않다. 저 입술을 두고 만들어진 별명을 늘어놓느니 수천 톤의 블루베리를 한 알씩 일렬로 세우는 게 더 나을 테니. 악의든 선의든 당신이 상상하고 예측한 별명은 이미 다 얻었다고 보면 맞는다. 그래 그거, 지금 당신이 떠올린. 소년은 옆에 내려 둔 커다란 쟁반을 들고 일어났다.

"찹쌀 도넛 있습니다!"

올봄, 소년은 중학생이 되었다. 매장에서 교복을 입어 본 소년은, 바지폭을 줄이고 와이셔츠 속에 입을 티셔츠를 생각했다. 흰 피부에 선이 또렷한 파란 입술은 교복과 잘 어울렸다.

"예쁘다."

어머니는 예쁘다고 했다. 그리고 여자 중학교 교복을 흘긋 보았다. 소년보다 먼저 태어나 일찍 죽은 딸이 떠오른 것이다. 어느 더운 여름날, 어머니는 작은 튜브 풀장에 물을 받아 아이를 놀게 했다. 그리고 아이는 어머니가 잠시 삶던 빨래를 뒤척이는 사이에 익사했다. 그때 나이 세 살이었다. 어머니는 숨을 멈춘 아이의 파란 입술을 잊지 못했다. 삼 년 뒤 소년이 태어났다. 파란 입술을 가진 소년이. 어머니는 소년에게 누이가 먹었던 음식을 먹였고, 이부자리와 장난감 따위를 그대로 물려주었다. 물가에는 데려가지 않았다. 동네 목욕탕조차. 하지만 소년의 손은 자주 마사지해 주었다.

"손이 거칠면 엄마처럼 거친 일 하고 살아."

그러나 산 좋고 강 좋은 P시 강촌에 살고 있는 할머니는 달랐다.

"멀쩡한 사내놈을 죽은 가시나 썬 애로 키우고 지랄이여 지랄이."

할머니는 소년을 소녀처럼 키우는 며느리가 마음에 들지 않았다. 두 사람의 갈등이 시작된 것은, 오래전 어머니가 할머니와 아버지의 반대를 무릅쓰고 소년의 이름을 '황선우'라고 지었을 때부터였다. 죽은 누이와 한자만 다르게 해 결국 같은 이름으로 지은 것이다.

"죽은 애 이름을 어디에 붙여. 새끼를 지 좋으려고 키우나?"

할머니는 지금도 소년을 선우라 부르지 않는다. 작명소에서 지어 온 이름 '은결'로 부른다. 가슴 아프지만 신명이 그것밖에 되지 않아 일찍 간 아이의 혼을, 막 태어난 아이에게 불러들일 수는 없었다. 소년을 두고 고부 사이가 극으로 치달았다. 그렇다고 딸을 잃은 며느리의 아픔까지 모르는 척할 수 있겠는가. 시간이 흐르면 나아지겠지. 할머니는 그때까지만이라도 떨어져 사는 게 나을 것 같아 소년의 가족을 서울로 분가시켰다. 그 대신 방학 때만이라도 소년을 강촌으로 보내라는 당부를 했다. 어머니도 할머니에게 소년을 물가에만 데려가지 말아 달라고 신신당부했다.

"산이 좋으니까 산에서 놀면 돼."

할머니는 대수롭지 않게 말했다.

그렇게 당분간만 떨어져 있으면 될 줄 알았는데, 벌써 수년이 지나고 말았다. 떨어지는 것보다 다시 합치는 게 더 어려웠다. 그동안 소년은 방학 때마다 강촌을 찾았고, 할머니는 대수롭지 않게 소년을 데리고 강이나 계곡으로 놀러 다녔다. 그리고 여름 피서객에게는 도넛을, 겨울 강태공에게는 컵라면을 팔았다.

"은결아, 엄마 아빠한테 말하면 안 된다."

"네."

꽤 어릴 때부터였다. 어려서 눈치가 없을 거라 생각하면 오산이다. 아이들의 직관은 어른들의 그것보다 날카롭다. 귀찮아질 일과 곤란해질 일을 본능적으로 알아챈다. 해야 할 말과 하면 안 되는 말을 기가 막히게 구별하는 것이다. "몰랐어요."라는 말에도 속지 말자. 그렇게 말해야 복잡한 일에서 빠져나올 수 있다는 것조차 이미 알고 있으니. 그런데 소년이 정말 몰랐던 일을 알게 된 것은 작년이었다. 초등학교 마지막 겨울 방학. 할머니는 역시 비밀을 전제로 소년에게 말했다. 죽은 누이가 있다.

"네?"

가방에 단 해와 달 모양 인형은 이제 그만 뗄 때가 됐다. 소년 취향이 그래서 스스로 단 장식이라면 모를까, 어머니가 죽은 딸을 잊지 못하고 달아 준 것이라면 분명 문제였다. 할머니는 어머니 마음에 상처가 나서 소년을 소녀로 키우고 있다고 했다.

"너는 너로 자라야지, 누이로 자라면 안 된다."

먼저 태어나 일찍 죽었어도 오누이인데 어디 닮은 구석 하나 없겠는가. 어머니는 소년과 누이가 일치하는, 혹은 비슷한 모습만 봐도 가슴이 쿵쾅거렸다.

"선우도 그것만 먹었어요."

"니가 그것만 먹였겠지."

"선우 겨드랑이 밑에 점이 있었던 건 아세요?"

"나도 겨드랑이 밑에 점이 있다. 보여 줄까?"

할머니와 어머니의 대화를, 소년은 그제야 이해하게 된 것이다.

뭐 하냐?

소년의 오랜 동네 친구 동아가 메시지를 보냈다.

도넛 판다.

그걸 왜 팔아? 할머니네 놀러 간 거 아니냐?

할머니하고 팔아. 비밀이다.

누구한테?

우리 엄마 아빠하고 니네 엄마 아빠한테.

어른들의 상상력은 이상한 쪽으로만 발달했는지, 하나를 말하면 열을 떠올리고, 자기 상상에 확신을 더한다. 만일 소년이 도넛을 판다고 하면, 내가 어떻게 키운 아인데……로 시작해 어쩐지 애를 그렇게 찾더라,며 시끄러워질 게 뻔했다. 소년은 한때 '요즘 아이들'이었을 요즘 어른들 때문에 머리가 아프다. 자신들은 꽤나 정숙한 성장기를 보내고 꽤 근사한 어른이 된 것처럼 요즘 아이들을 비난한다. 그러나 소년이 보기에는 요즘 어른들이 문제다.

"오늘은 좀 어떠냐?"

할머니가 소년의 도넛 쟁반을 살피며 물었다.

"작년보다는 못해요."

"먹고살기 힘드니까 놀러 다니기도 힘든가 보다. 어여, 밥 먹어라."

할머니는 설탕 통을 확인하고, 상자에서 도넛을 덜어 쟁반에 담았다. 새벽에 시장에서 떼어 온 도넛이다. 꽈배기 도넛, 단팥 도넛, 둥근 찹쌀 도넛. 그렇지만 할머니는 전문 장사꾼이 아니다. 피서객이 몰리는 휴가철에만 반짝 팔고, 보통은 반 마지기쯤 되는 밭에 콩이나 고추, 상추, 쑥갓 등속을 심는다. 이것도 팔려는 게 아니라 계절에 맞는 채소를 필요에 따라 심는 것이다. 가끔 혼자 먹기에 너무 많으면 장에 가지고 나가 팔기도 하지만 말이다.

"혼자 먹고사는데 뭔 농사를 지어. 그냥 심는 거지."

소년은 할머니에게 풋고추를 된장에 찍어 먹는 법을 배웠다. 맛있다. 소년이 상추에 밥을 올리자 할머니가 돼지고기 두루치기 한점을 얹는다. 소년의 볼이 터질 것 같다. 그렇게 한참을 먹고 있는데 동아에게서 또 메시지가 왔다.

나도 거기 가도 되냐?

가출이냐?

니네 할머니가 전화해 주면 놀러 가는 거고, 안 해 주면 가출이야.

"할머니, 여기 내 친구 와도 돼요?"
"그럼, 되지."
할머니는 동아 어머니와의 간단한 통화로 동아의 가출을 막았다. 동아 어머니는 더운 날 좋은 곳에서 동아만이라도 편히 놀다 오길 바랐다. 아등바등 살다 보니 휴가는 늘 남의 집 일이었다. 남들이 사교육비 걱정할 때, 소년과 동아의 부모들은 당장 먹고살아야 할 장바구니 물가를 걱정했다. 소년의 부모는 택배 일을 하고, 동아의 부모는 자동차 세차장에서 일한다. 누가 더 힘들고 누가 더많이 버는가를 따지는 것은 의미가 없다. 몸이 녹초가 되도록 일하는데도 빚이 점점 늘어나는 건 두 집 다 마찬가지니까.

"엄마, 배고파."

"아빠, 내일까지 학교 통장에 구만 원 넣어야 돼."

엄마, 엄마, 엄마. 아빠, 아빠, 아빠. 제발 좀 그만 불러…… 동아가 학교에서 며칠 여행을 갔던 날, 퇴근한 동아 어머니는 텅 빈 고요한 집에서 눈물을 흘린 적이 있다. 잠시의 휴식도 없는 고된 하루살이가 서러웠던 것이다.

혼자 올 수 있냐?

나 중학생이야!

서울에서 출발하면 두 시간 남짓 걸린다. 이 시즌에는 시외버스 배차 시간이 좋다. 강과 이어지는 계곡의 래프팅 시설도 좋고, 시에서 야영장을 늘려 찾는 사람이 제법 많기 때문이다. 한 좌석쯤은 어렵지 않게 구할 수 있을 것이다. 소년은 마음이 실렸다. 친구가 온다. 서울에서 지긋지긋하게 보던 얼굴인데, 이곳에서 맞이하려니 벌써 반갑다. 할머니는 비닐봉지에 도넛을 몇 개 담았다.

"오는 길에 허기졌을 거야. 먹이면서 데리고 와라."

"네."

"한 바퀴 돌고, 아욱 좀 뜯어 와야겠다. 여름 아욱국도 시원하니 좋아."

할머니가 도넛 쟁반을 머리에 이었다. 할머니는 손으로 드는 것보다 머리에 이는 것이 더 편하다. 소년은 할머니를 배웅하고 시계를 보았다. 기차를 타라고 할 걸 그랬나 싶다. 기차가 조금 더 빠르다. 그러나 어려서부터 버스를 탄 소년은 기차가 익숙지 않다. 소년은 동아에게 메시지를 보냈다.

버스 탔냐?

오 분 뒤에 출발한다.

동아는 소년에게 메시지를 보내고 입맛을 다셨다. 아침도 시리얼로 대충 해결했는데 점심까지 굶고 터미널로 달려왔다. 생전 처음 혼자 먼 곳을 찾아간다. 시외버스 표는 어떻게 끊는지, 버스는 어디에서 타야 하는지 전혀 몰랐다. 그래도 배짱은 좋았다. 소년은 초등학생 때부터 혼자 다녔다지 않는가. 까짓것 영 안 되겠다 싶으면 집으로 돌아가면 그만이다. 낙천적이기까지 하다. 터미널에는 휴가를 맞아 삼삼오오 몰려다니는 사람이 많았다. 동아는 그중 한 무리에게 다가갔다.
"P시 가려면 어디서 표 사나요?"
"너 혼자 가니?"
버스 대신 말을 타고 달려갈 것처럼 멋진 카우보이모자를 쓴 형은, 표를 사는 곳과 표를 보는 법을 세심하게 알려 주었다. 표를 사고 나니 출발까지 칠 분밖에 남지 않았다. 타는 곳이 멀다. 달려라. 동아는 친구네 할머니 집이 아니라, 터미널에 설치된 폭발물을 제거하러 가는 사람처럼 신속하게 움직였다. 사람들이 벌써 버스에 오르고 있었고, 기사는 버스 옆구리에 짐을 싣는 중이었다. 동아가 버스에 막 올라탔을 때, 소년에게 메시지가 왔다. 버스 탔느냐고. 동아는 거드름 피우며 답을 보낸 뒤, 차창 커튼을 묶어 버렸다. 갑자기 오줌이 마렵다. 화장실을 다녀올까 말까 고민하는 사이 버스가 출발했다. 배고프고 오줌 마려운 여행이었다.

소년은 옷의 먼지도 털고 머리도 빗으며 꽤 시간을 끌었지만, 터미널에 한 시간이나 일찍 도착했다. 소년은 도넛 봉지를 들고 앉아 사람들을 구경했다. 현지 사람들은 두리번거리지 않는다. 곧장 버스 정류장이나 택시 정류장으로 간다. 산나물 같은 고장 특산물은 거들떠보지도 않는 것이다.

"갈 때 저거 사 가야겠다. 우리 엄마 나물 좋아해."

한 피서객이 말한다. 지금 돌아갈 버스를 기다리는 누구도 올 때는 그렇게 말했겠지. 그러나 돌아가는 사람 대다수는 그저 승차장만 바라볼 뿐이다. 노느라 지치고 피곤해 엄마가 좋아하는 나물을 잊은 것이다. 그러나 소년을 보고서는 그냥 지나치지 않는다.

"쟤 정말 예쁘게 생겼다. 입술 봐, 되게 파래."

소년은 매점에서 바나나 맛 우유를 샀다. 그리고 버스 승차장으로 나갔다. 곧 버스가 들어오고, 창에 이마를 대고 두리번거리는 동아가 보였다. 소년을 발견한 동아가 주먹으로 창을 탕탕 쳤다. 소년이 번쩍 손을 들었다. 내려, 내려! 버스가 멈추고 드디어 동아가 내렸다.

"잘 왔어."

"배고파 죽을 지경이다."

소년이 도넛과 우유를 내밀었다. 동아는 꽈배기 도넛을 우걱우걱 먹었다. 도넛이 이렇게 맛있는 음식이었나. 바나나 맛 우유는 언제 먹어도 맛있다.

"휴게소에서 뭐 안 먹었냐?"

소년이 물었다.

"화장실 찾다가 헤매서, 버스 놓칠까 봐 아무것도 못 샀어."

"하하하하. 가자, 마을버스 타고 더 들어가야 해."

같은 사람인데 다른 곳에서 보니 새로운 느낌이다.

"안녕하세요!"

동아가 힘차게 인사했다.

"오냐. 멀미했을 텐데, 이것부터 한 사발 마셔라. 속이 좋아질 거야."

할머니가 벌써 아욱국을 끓여 놓았다. 급식으로 가끔 나오지만 동아는 밍밍해서 좋아하지 않는 국이다. 하지만 티 내지 않고 아욱까지 싹 쓸어 먹었다. 맛있다. 동아는 아욱국이 맛없는 것이 아니라 급식 아주머니 솜씨가 없었던 것이라고 생각한다.

"은결아, 날 더운데 친구하고 멱 감고 와라."

동아가 '누구?' 하는 표정으로 소년을 바라본다.

소년은 픽 웃고 동아를 데리고 계곡으로 갔다.

"너 물 무서워하지 않냐? 수영장도 안 가잖아."

"나 수영 잘해."

동네 청소년 수련관에 수영장이 있지만 소년은 가지 않았다. 중이염이 있어 물에 들어가면 안 된다고 했고, 물에 푸는 소독약에 알레르기가 있다고도 했고, 아주 어렸을 때 물에 빠져 죽을 뻔한 적이 있어 고인 물 공포가 있다고도 했다. 그랬던 소년이 수영을 잘한다고 했다. 동아는 낯선 동네에 아직 적응도 못 했는데, 여태 적응 잘했던 소년마저 낯설어진 느낌이었다.

"은결이가 너냐?"

동아가 물었다.

"할머니가 그렇게 불러."

소년은 계곡 물웅덩이로 보란 듯이 첨벙 뛰어들었다. 이쪽저쪽을 오가며 수영 솜씨도 뽐냈다. 동아도 뒤질세라 뛰어들었다. 계곡물은 얼음장처럼 차가웠지만 찬 만큼 개운했다.

"폼이라고는. 숨어서 혼자 배운 티 확 난다."

소년의 수영 자세는 확실히 이상했다. 물에 뜨기는 하지만, 앞으로 가기는 하지만, 같은 쪽 손과 발을 올리며 뛰는 것만큼이나 어색했다. 매우 빠른 어기적어기적. 수련원에서 배운 솜씨가 있는 동아가 소년의 자세를 잡아 주었다. 그러나 소년은 교정한 자세로 수영을 하면 오히려 물속으로 가라앉았다.

"희한한 새끼네……."

둘은 크고 넓적한 바위로 올라왔다. 해는 이미 기울기 시작했지만 낮 동안 볕에 달궈진 바위는 따뜻했다. 소년과 동아는 바위에 벌러덩 누웠다. 소년이 묻는다.

"왜 갑자기 왔냐?"

"갑자기 엄마가 불쌍해 보여서."

어제, 동아 어머니는 혼자 퇴근했다. 아버지가 세차장 식구들과 술자리를 가졌기 때문이다. 이날따라 빨래는 왜 그렇게 쌓였는지, 설거짓거리는 왜 그렇게 많은지, 구석구석에 먼지는 왜 또 그렇게 수북한지 몰랐다. 어머니는 뭔가에 홀린 듯 청소하기 시작했다. 아주 늦은 밤, 아버지가 술 취해 돌아와 소파에서 코 골며 잘 때까지 청소는 계속되었다. 그리고 오늘 이른 아침, 어머니는 잠을 잔 것인지 날을 새운 것인지 모를 수척한 얼굴로 종일 집에 있을 동아를 위해 밥과 반찬을 준비했다.

"애 하나 어디 보낼 데도 없고……."

동아는 갈 곳 없는 자신보다 어머니가 더 애처로워 보였다.

"근데 할머니는 널 왜 그렇게 부르냐?"

동아가 물었다.

"선우는…… 죽은 우리 누나야."

동아는 누워 꼼짝도 못 하고 눈동자만 이리저리 굴렸다. 죽은 누이의 이름을 가진 친구라니. 산 계곡의 해는 너무 빨리 기울었고, 신 나게 놀았던 물웅덩이는 음산해 보였으며, 바람에 스쳐 차락차락거리는 나뭇가지는 스산했다.

"나 무서워……."

"가자."

소년이 바위에서 내려와 앞장섰다. 걸을 때마다 젖은 바지가 몸에 들러붙는다. 동아는 몇 걸음마다 엉덩이에 낀 바지를 잡아 빼며 소년의 뒤를 따랐다.

할머니가 열무를 잔뜩 넣은 비빔밥과 시원한 아욱국으로 저녁을 준비했다.

"할머니, 선우가 진짜 누구예요?"

동아가 비빔밥을 입에 한가득 물고 물었다.

"은결이 죽은 누이."

할머니는 간결하게 대답했다.

"나 진짜 무서워……."

"사내놈이 뭐 그딴 게 무서워."

"그럼 아줌마는 왜 선우를 선우라고 불러요?"

"어미한테는 이 선우나 저 선우나 다 같아 보이나 보지."

"그런 게 어딨어요."

"내 말이 그 말이다."

동아는 생각한다. 어머니를 쉬게 해 주고 싶은 마음에 무작정 떠났다. 어른스럽게 혼자서 먼 길을 와, 반갑고 정겨운 친구와 친구의 할머니를 만났다. 격식 없는 식사에 마음도 편하고 배도 부르다. 그런데 어쩐지 조금 무섭다. 난데없이 등장한 죽은 누이와 그에 대해 지나치게 태평한 소년과 할머니도 살짝 무섭다. 오는 길에 버스가 줄줄이 이어진 긴 터널을 통과하던데, 그때 세계가 바뀐 것은 아닐까. 이곳에서 무사히 지내다가 다시 버스를 타고 터널을 통과하면, 그제야 원래 살던 세계로 돌아가는 것은 아닐까. 이 친구, 상상력도 좋다.

동아는 방을 기웃거렸다. 컴퓨터는커녕 텔레비전조차 없고, 보통 그런 것이 있는 자리에는 만화책만 쌓여 있다. 벽에 주렁주렁 매달린 산나물과 마늘도 처음 보는 모습이다. 방에 친구와 둘이 있는 게 이렇게 어색할 줄이야.

"넌 이 시간에 뭐 하냐?"

"만화책도 보고 전화기로 게임도 해. 근데 여긴 와이파이 안 터진다."

"척 봐도 알겠다."

둘은 초등학교 때부터 어울려 다녔고, 가끔은 서로의 집에서 함께 자기도 했다. 동아가 막 몽정을 시작하고 얼마 뒤 소년의 하얀 피부와 파란 입술이 문득 괜찮아 보여, 이상한 마음이 들기도 했다. 입술을 한번 만져 보고 싶었지만, 소년은 입술에 대해 말하는 것을 싫어했다. 그래서 소년이 깊이 잠들었을 때 살짝 뽀뽀한 적이 있다. 죽을 때까지 혼자만의 비밀로 간직해야 할 터였다. 그때 동아의 몸에 찬 기운이 훅 지나갔다. 설마 죽은 누나한테 뽀뽀했던 것은 아니겠지? 동아는 소년을 스윽 훔쳐보며 쌓인 만화책 앞으로 갔다. 그러고는 대충 한 권을 빼내어 무척 집중하는 태도를 보였다. 소년은 그런 동아를 신경 쓰지 않았다. 그저 휴대 전화만 만지작거릴 뿐이다. 그런데 아무래도 궁금하다. 동아가 물었다.

"누나가 너로 환생한 거냐?"

"아니래."

"누가?"

"할머니가."

"할머니가⋯⋯."

"찹쌀 도넛 있습니다!"

장사꾼이 하나 더 늘었다. 소년이 강가를 돌면 동아는 야영장을 돌았고, 동아가 강가를 돌면 소년이 야영장을 돌았다. 붙임성이 좋은 동아가 장사 수완이 더 나았다. 그렇다고 도넛을 더 많이 팔아 더 많은 이익을 남긴 것은 아니다. 할머니가 늘 라면 상자로 딱 두 상자만 떼어 왔으니까. 단지 장사가 조금 빨리 끝났을 뿐이다. 장사를 마치면 소년과 동아는 강이나 계곡에서 수영을 하고, 산에 자신들만의 길을 만들기도 하고, 이른 저녁을 먹은 뒤 할머니와 고스톱을 치기도 했다.

"할머니, 저도 방학 때마다 와서 도와 드릴까요?"

동아가 똥쌍피를 뒤집으며 말했다.

"여기 와서 같이 노는 게 도와주는 거지. 너는 왜 똥만 뒤집냐?"

동아가 뒤집은 똥쌍피를 소년이 먹었다.

"스톱. 저 났어요. 할머니 피박."

"뭔 피박이여? 여기 딱 맞는데."

"들고 있던 거 내려놓으셨잖아요. 할머니 육십 원."

"눈은 귀신같이 밝아 가지고……."

그렇게 강촌에서 하루하루를 보내는 것이다.

소년의 방에는 수많은 만화책과 약간의 소설책과 할아버지가 남긴 바둑판이 있다. 그러나 소년과 동아는 바둑을 둘 줄 몰라 바둑판을 오목이나 알 까기 하는 데 썼다. 그리고 방을 가득 채운, 딱히 뭐라고 표현할 수 없는, 누릿한 냄새. 아마도 벽에 걸린 정체 모를 나물들에서 나는 냄새일 것이다. 동아는 그 냄새가 여전히 마음에 들지 않지만 불평은 하지 않았다. 동아가 말한다.

"나 이제 무인도에 가게 되면 화투하고 바둑판 가져갈래. 배터리 필요 없지, 와이파이 신경 안 써도 되지, 시간 훅훅 가지. 아주 좋아. 하하하."

디지털 시대의 아이가 아날로그 환경 속에서 지내고 있다. 스마트 폰으로 이웃집 무선 인터넷 신호를 몰래 잡아 쓸 수도 있었지만, 그리하지 않았다. 눈뜨면 일단 컴퓨터를 켜고, 켰는데 딱히 할 게 없으니 인터넷 브라우저를 연다. 자신과 상관없고 관심도 없지만 베스트 순위에 뜬 검색어를 클릭하고, 그러다 슬슬 배가 고프다는 것을 깨닫는, 그런 생활을 이곳에서는 하지 않아도 됐다. 전화로 쓸데없이 메시지를 주고받는 일도 줄었다. 세상에는 해야 할 것도 많지만, 하지 않아도 되는 것 또한 많았다. 그리고 문득 깨닫는다. 늘 컴퓨터로 무언가 하느라 바빴지만, 정작 한 것은 별로 없었다는 것을. 자신이 선택해서 마우스를 움직였다고 생각했지만, 실은 무방비로 노출되어 누군가 의도한 곳으로 끌려다닌 거였다. 그거 봤냐? 안 봤어. 그 게임 알아? 몰라. 그렇게 대답해도 되는 거였다. 아냐? 알아. 있냐? 있어. 이런 대화에 왜 그렇게 온 자존심을 걸었을까.

"여기 좋다."

동아가 말했다.

"놀러 온 거니까 좋지. 좀 더 있어 봐, 갑갑해."

소년이 대답했다.

"그럴 때 넌 어떻게 하냐?"

"집에 가잖아."

"집에서 갑갑하면?"

"여기 와."

"부러운데……."

오늘, 소년과 동아는 산속에 미로처럼 구불구불한 자신들만의 길을 완성했다. 꼬박 닷새 동안 정성 들여 완성한 것이다. 길을 너무 넓게 내면 다른 사람들이 들어올 테고, 쓸데없이 나뭇가지도 많이 잘라 내야 한다. 두 사람만 알고, 산도 다치면 안 됐기 때문에 길 같지 않은 작은 길을 냈다.

"저 밤나무를 출구로 하자. 잘 따라와."

소년은 작은 손도끼로 발에 채는 잡초와 머리에 걸리는 잔가지를 쳐 냈다. 어려서부터 할머니 따라 고사리나 취나물 따위를 캐러 다녀 산에서도 발 없는 사람처럼 날렸다. 동아는 지금껏 소년의 그런 모습을 본 적이 없다. 함께 축구하다가 몸싸움이라도 날라치면, 자기편보다 상대편인 소년을 더 지켰다. 왠지 남자들끼리 노는데 수가 모자라 여자 하나 끼워 준 것 같은 느낌에. 그런데 이곳에서는 달랐다. 오히려 자신이 소년에게 보호받고 있었다. 소년은 손도끼로 나뭇가지를 정확하게 내려치고, 자갈로 물수제비도 근사하게 떴다. 동아는 뭔가 억울했다. 왜인지는 모른다. 그냥. 그래, 그냥. 동아는 혹시 길을 잃을까 봐 여기저기 종이테이프로 표시하며 따라갔지만, 한 번도 길을 잃은 적은 없다. 미로 끝에 있는 밤나무에도 길게 두 줄 붙였다. 자신과 소년의 키 높이다. 동아보다 소년이 삼 센티미터 정도 더 크다.

"겨울에 오면 내가 더 커 있을 거다!"

그렇게 소년과 동아는 팔다 남은 도넛과 물 한 병을 들고 강촌 구석구석을 누볐다. 어느 것 하나 똑같은 돌이 없고 똑같은 나무가 없는 강과 산에서라면 심심할 겨를이 없었다.

"나는 사람들이 길 막힌다고 짜증 내면서도 왜 그렇게 휴가를 가나 했는데, 이제 알겠어. 놀러 와서 그런지 사람들이 다 웃어……."

서울에서도 그런 도넛은 길거리에서 많이 파는데, 이곳에 놀러 온 사람들은 어른 아이 할 것 없이 새로운 음식을 먹는 것처럼 좋아했다. 놀러 왔으니까. 그래서 마음이 좋으니까. 순간 동아는 부모님이 생각났다. 종일 세차하고 돌아와 지쳐 자고 있을 부모님이. 어쩐지 코끝이 찡한 동아는 얼른 창문 앞에 섰다.

"야, 별 봐라. 그냥 쏟아진다!"

소년이 뒤로 다가와 동아 허리에 손을 둘렀다.

흠칫 놀란 동아가 휙 돌아보았다.

"너 옛날에, 나 잘 때 뽀뽀했지?"

"……."

"복수다."

"새끼가 여기서도 이상하고 저기서도 이상해. 어지간하면 좀 섞자. 자연스럽게!"

소년은 킥킥 웃으며 혼자 오목을 두었다. 동아는 뻘겋게 달아오른 얼굴로 쏟아지는 별만 올려다보았다. 강촌에서 보는 마지막 밤하늘이다. 이제 집으로 돌아간다. 강촌에 온 지 벌써 일주일이 지났는데, 어제 와서 내일 돌아가는 느낌이다. 계곡과 강과 산에도 사람들이 눈에 띄게 줄었다. 동아는 이제 좀 조용해진 강촌의 구석구석을 떠올리며, 어머니에게 메시지를 보냈다.

엄마, 자? 나 내일 가.

안 자. 우리 아들 보고 싶어서 못 자.

동아는 짧은 웃음을 메시지로 보냈다. 엄마가 보고 싶었다.

"만두 해 줄 테니까, 날 추워지면 또 와라."
할머니가 터미널까지 배웅 나왔다. 버스 옆구리 짐칸에는 산나물과 마늘 따위가 담긴 큰 보따리가 두 개 실려 있다. 버스가 출발해도 할머니는 자리를 뜨지 않았다. 동아는 올 때처럼 창에 이마를 바짝 대고 할머니에게 손을 흔들었다. 또 올게요. 할머니도 손을 흔든다. 조심해서 가라고. 또 오라고.

"진짜 가는구나."

올 때처럼 버스가 연이어 놓인 긴 터널을 통과했다. 동아는 스르
르 잠이 들었다. 터널에서 얼핏 요란한 사이렌 소리를 들은 듯하
다. 그리고 곧 입술이 파랗고 손이 고운 선우가 원래의 선우가 되
어 함께 게임하는 꿈을 꾼다. 꿈결에도 안도가 됐는지 자면서도 웃
는다. 드디어 원래의 세상으로 돌아간다.

집으로 돌아온 소년은 어머니에게 이름을 바꿔 달라고 했다.

"이름?"

"네. 황은우로."

소년은 은결의 '은'과 선우의 '우'를 쓰고 싶다고 했다.

"그리고 사진…… 그냥 꺼내 놓고 보세요. 괜찮아요."

어머니는 고개를 끄떡였다. 소년이 누이에 대해 알고 있다는 것
을 눈치채긴 했지만, 직접 듣기는 처음이다. 소년이 자랄수록 딸
을 잊을 수가 없었다. 둘이 판박이처럼 닮은 탓이다. 그 때문에 소
년에게서 어느새 커 버린 딸을 발견하고 소스라치곤 했다. 왜 그래
요? 아니, 그냥. 딸에게도 아들에게도 미안했다.

"많이 컸다, 우리 아들."

"중학생이잖아요."

어머니는 소년의 등을 토닥였다.

방으로 들어온 소년은 동아에게 메시지를 보냈다.

나 이제부터 은우다. 황은우.

너 도대체 누구야!

파란 아이.

소년은 책갈피 속에 끼워 둔 사진을 꺼냈다. 누나라고 하기에는 너무 어린 꼬마가 환하게 웃고 있다. 소년의 파란 입술도 배시시 웃는다.
"니가, 나란 말이지?"

배명훈

푸른파 피망

채은신지가 열일곱 살, 내가 열세 살. 햇수로만 따지면 채은신지
가 한참 누나였지만, 채은신지와 나는 나이를 비교하기가 어려웠
다. 채은신지가 살던 행성과 내가 살던 행성은 공전 주기와 자전
주기가 다 달라서 일 년의 길이도 하루의 길이도 딱 그만큼 짧거
나 길었기 때문이다.

　"아무튼 나는 십 대 후반이고 너는 이제 겨우 꼬맹이 나이니까
일단 내가 누나가 되는 게 맞지."

　"누구 맘대로. 깨어 있던 시간으로 따지면 내가 더 오래 살았을걸."

　"좋아, 이참에 확실하게 계산해 보자. 자웅(雌雄)을 겨루는 거야."

　"좋아, 암수를 가리자."

"뭘 가려? 아, 됐어. 설명하지 마. 재미없어. 자! 오늘은 제대로 계산해 보는 거야. 중간에 포기하기 없기. 니네 자전 주기가 얼마였다고?"

"아, 잠깐만. 어디 적어 놨는데."

"아, 바보! 자전 주기도 모르냐? 한 번 들으면 딱 외워야지."

"지난번에 가르쳐 줬잖아. 자기도 한 번 듣고 못 외우면서."

어른들이 일터로 가 버리고 나면 채은신지와 나는 늘 그렇게 결론도 나지 않는 싸움을 시작하곤 했다. 채은신지나 나나 지는 걸 죽기보다 싫어하는 성격이었기 때문에, 싸움은 어른들이 그날 일을 마치고 집으로 돌아올 때까지도 끝나지 않는 때가 많았다. 한참 싸우고 있는 우리를 보고 어른들은 이렇게 말하곤 했다.

"니네는 뭐가 그렇게 재미있어서 하루 종일 딱 달라붙어서 조잘거리고 있니? 지치지도 않아?"

"아니, 얘가 내 이름 갖고 뭐라 그러잖아."

"뭐라는데?"

"채은신지에서 어디까지가 성이고 어디까지가 이름인지 모르겠다고 막 놀려. 그리고 자꾸 나 부를 때 은신지라 그러고."

신지, 은신지, 채은신지. 전에 살던 행성에서 각자 나이를 얼마씩 먹었는지는 모르겠지만, 새로운 우리 고향 푸른파 행성에서 채은신지와 나는 누가 더 많지도 적지도 않게 똑같이 세 살씩을 더 먹었다. 하루도 빠짐없이 매일매일 싸우면서. 전쟁이 나기 전까지는 쭉 그랬다.

사실 전쟁은 우리와는 별로 상관이 없었다. 거의 대기권 밖에서 벌어지는 일이었으니까. 싸움의 징후도 찾아볼 수 없었다. 모든 것이 평소대로였다. 하지만 어느 날 오후에 엄마네 연구소 소장님이 집으로 찾아와 전쟁이 났다는 사실을 알리고 돌아간 다음부터는 사정이 조금씩 달라지는 듯했다. 이야기를 나눠도 되는 사람과 그렇지 않은 사람이 생기고, 마음대로 갈 수 있는 곳과 절대 발을 들여서는 안 되는 곳이 생겼기 때문이다. 그러니까 마을 안에 전선(戰線)이 생겨난 셈이었다. 지도 위에는 있지만 실제 땅 위에는 없는 선. 실제로는 없지만 누군가의 말 속에만 그어져 있는 선.

채은신지네 집은 그 바보 같은 선의 저편에 있었다.

"만나러 가면 안 돼?"

"안 돼."

"절대로?"

"당분간만."

엄마가 내린 금지령이었다. 채은신지를 만나서 하루 종일 싸울 수 없게 된 것. 우리가 싸우지 못하도록 서로를 떼어 놓는 것. 나에게 전쟁은 그런 일이었다.

그리고 전황은 나날이 심각해져 갔다. 우주 전함이 구름 아래까지 나타난 것이다. 요란한 소리를 내며, 또 밤에는 번쩍번쩍 화려한 불빛을 뿜어 대며, 우리 머리 위를 서서히 날아다니는 작은 점. 저녁이 되면 어른들은 하나같이 그쪽을 올려다보며 근심 어린 표정으로 이런저런 이야기를 나누곤 했다.

"소문대로네. 대기권 안에서도 날 수 있는 전함을 배치했나 봐요."

"큰일이네. 그럼 전선이 대기권 안으로 확대되는 거 아니야?"

"그렇지도 않아요. 우리 쪽에는 그런 전함이 한 대도 없다니까, 전선이 확대되는 게 아니라 저 한 대가 여기를 다 점령하겠죠."

"그럼 뭐야? 맞서 싸워야 하나?"

"에이, 무슨? 항복해야죠. 우리는 군인도 아니니까 포로도 뭐도 아니고 그냥 별일 없을 거예요."

항복이라는 말에 소장님이 펄쩍 뛰다시피 하며 역정을 냈지만 신경 쓰는 사람은 아무도 없었다.

어른들이 걱정하는 건 우주에서 일어나고 있는 싸움이 대기권 안으로까지 번지지나 않을까 하는 것이었다. 사실 우리가 사는 곳에서는 군인이나 무기를 구경할 일이 없었다. 대기권 안팎을 넘나드는 데에는 어마어마한 에너지가 들기 때문에, 군인들도 굳이 푸른파의 중력이 영향을 미치는 곳에서는 전투를 벌일 생각이 없었던 것이다.

하지만 대기권 안까지 날아오는 우주 전함이 있다면 이야기가 달라진다. 우주에서 쓰는 무기는 상상도 할 수 없을 만큼 무시무시한 것들이라니까.

나는 사람들이 그 점을 '적'이라고 부르는 것을 듣는 순간 기분이 우울해졌다. 그럼 그 무시무시한 무기가 우리 머리 위까지 내려와 채은신지네 연구소는 그냥 두고 우리 연구소만 골라서 폭격을 하기라도 한단 말인가. 없애려면 다 같이 없애야지. 상상하는 것만으로도 기분이 확 나빠지는 이야기였다. 다행히 그런 일은 실제로 일어나지 않았다.

전황이 어떻게 돌아가고 있는지를 좀 더 자세히 전해 준 건, 전쟁이 나고 두 달쯤 뒤에 마을로 돌아온 기술자 달루 아저씨였다. 아저씨는 어른들이 하늘을 올려다보면서 걱정 어린 이야기를 나누는 것을 듣고는 호탕하게 웃으며 이렇게 말했다.

"저거 다 가짜야. 걱정하지 마."

"어떻게 걱정을 안 해요? 저렇게 떠다니는 거 보면 일이 하나도 손에 안 잡히는데. 저게 머리 위로 지나가면요, 엔진 소리가 하도 시끄러워서 도저히 못 들은 척하려야 할 수가 없다고요."

"소리? 그러니까 하는 말이야. 그 소리가 사기라고. 내가 십여 년 전에 저쪽 편 군인들 정착지에 살다 온 적 있잖아. 거기서 내가 했던 일이 저런 거였어."

"전함을 만들었다고요? 무슨 말도 안 되는 허풍을!"

"아니, 전함을 만들었다는 게 아니라 그 전함에 음향 장치를 달았다고. 출력이 진짜 어마어마했는데, 어유, 그때는 전함에 그런 걸 왜 다나 싶었거든. 지금 보니까 알 것 같네. 왜 무기는 안 달고 음향 기기를 달았는지. 당신들 벌써 벌벌 떨고 있잖아. 저 소리만 듣고 말이야. 저거 아마 무기 같은 거 달고 다닐 여력이 안 될 거야. 가까이에서 보면 엉성하게 생겼을걸. 저기보다 더 낮게 내려온 적 없지?"

"그거야 뭐……."

"거봐. 그냥 무시해. 하던 대로 하면 돼. 여기는 별일 없어요."

"본국에서 전함을 추가 파병할 수도 있잖아요."

"상륙정을? 대기권 안으로 들어오는 전함을 파병해서 뭐하게? 이 동네에 뭐 점령할 만한 데라도 있어?"

"그래도."

"그래도는 무슨 그래도야. 그런 전함 한 대 데려오는 데 돈이 얼마나 드는지 알아? 이건 이 행성을 차지하려는 싸움이지 요 쪼끄만 연구소를 걸고 하는 싸움이 아니라고. 그런 무기를 갖고 올 필요가 없지."

"확실해요?"

"그럼! 들어 봐, 저 소리. 무시무시하지? 그런데 유감스럽게도 엔진 소리는 아닌걸. 내 평생 저런 엔진 소리는 들어 본 적이 없어. 엔진 아니야. 일부러 내는 소리야. 공기 진동이지. 원리는 바람 소리랑 똑같다고. 소리만 커. 속은 텅 비었을 거야."

그날부터였다. 기적처럼 긴장이 풀리고 다시 평화로운 일상이 찾아온 것은. 물론 날마다 저녁이면 요란한 소리를 내는 전함이 구름 언저리를 떠다녔고, 아직은 채은신지를 만나서 싸울 수도 없었지만, 아무튼 더 이상은 내 주위에서 두려움에 떠는 사람을 찾아볼 수 없었다.

연구소 곳곳에서 다시 웃음소리가 들리고, 간간이 노랫소리도 들려오는 나날. 하지만 전쟁은 아직 끝난 게 아니었다. 달루 아저씨 말처럼 대기권 아래까지 무기가 침투해 오는 일은 일어나지 않았지만, 전쟁이 사람들의 삶에 영향을 미치는 방법에는 그런 직접적인 것만 있는 게 아니었다.

나에게는, 길에서 우연히 만난 채은신지의 표정이 바로 전쟁의 징후였다. '말 걸지 마. 나는 너랑 말하면 안 돼.'라고 쓰여 있는 듯한 얼굴. 나는 소리를 내지 않고 입 모양만으로 '왜?' 하고 물었다. 평소 같으면 "바보야, 그것도 모르니?" 하는 대답이 들렸어야 할 순간. 하지만 채은신지는 아무 말도 하지 않았다. 그러니 나에게는 그게 바로 전쟁이었다.

그리고 행성이 봉쇄됐다. 양측 군대에 의해 행성 전체가 다. 다시 말해서 물자가 자유롭게 드나들지 못하게 됐다는 뜻이었다. 사람이 먹을 만한 것들을 경작할 수 없는 행성에서 물자가 끊긴다는 건 곧 배를 주려야 한다는 뜻이기도 했다.

"그럼 어떻게 버티라는 거지? 철수시켜 줘야 되는 거 아닌가?"

어른들이 말했다. 그러자 소장님 비서가 대답했다.

"그렇게 간단하지가 않대요. 우리는 그냥 민간인도 아니고 기간 요원 신분이니 철수는 당분간 곤란하고요, 보급선이 오기는 올 모양이에요. 그런데 아무래도 큰 건 못 들어오나 봐요."

"작은 배로 실어 나르겠다는 건가? 사람 수는 그대로인데 배 크기를 줄이면 어쩌라고. 그 전시 배급인지 뭔지 하는 거, 그것도 채워 줄 생각이 없는 거 아니야?"

"그래서 소장님이 이것저것 알아보셨는데요, 작은 무인 보급선을 여러 번 보내겠다는 거죠. 전시 배급이 끊기지 않게."

"무인? 그 쪼끄만 거? 그런 작은 배로 전과 같은 양을 실어 나르려면 비용이 몇 배로 들 텐데, 그게 말처럼 될까? 결국 배급량을 줄이는 거 아니야? 애들도 있는데 어쩌라는 거지?"

"아 글쎄, 그걸 해 주겠다는 기 아니에요. 비용이 얼마든 감수하겠다고요. 일단 한번 믿어 봐야죠. 사실 별수 없잖아요. 안 해 준다 그러면 어쩌게요. 일이 너무 심각하게 돌아가면 그때는 철수 요청이라도 해야겠지만, 여기는 아직 그 정도는 아니잖아요."

"무슨 소리야? 이 정도면 벌써 심각하지."

다음 날 오전에 소장님이 전시 배급 계획표를 받아 왔다. 전황이 안 좋은 것치고는 꽤 괜찮은 식단이었다. 물론 요리를 다 해서 배달해 주는 게 아니라 식단에 필요한 식재료를 계산해서 한 번에 배달해 주는 계획이었다. 유기농 광합성 채소에 가축 포유류 고기, 다섯 가지 치즈와 지구종 곡물 가루, 무중력 농장에서 재배한 과일에 역시 무중력 양식장에서 키운 해산물. 최고급이었다. 가능한 한 지구식 식재료를 공급하겠다는 뜻이기도 했다. 심지어 와인이나 맥주도 보급 대상이었다. 디저트로 케이크와 푸딩도 있었다. 소장님 말마따나 잘하면 평소보다 훨씬 더 잘 먹게 될지도 몰랐다. 계획표대로만 된다면.

그러나 안타깝게도 그 계획은 제대로 돌아가지 않았다. 사실대로 말하자면, 전시 배급은 완전히 엉망진창이었다. 보내 주겠다던 것들이 오지 않아서가 아니었다. 문제는 무엇이 오느냐가 아니라 언제 어떻게 오느냐였다. 예를 들어, 푸른파에서 제일 가까운 무중력 양식장에서 수확한 최고급 해산물. 오기는 왔다. 상태도 나쁘지 않았고, 계획표에 있는 것보다 양이 적지도 않았다. 문제는, 그것'만' 왔다는 것이다. 그것도 한 달 치 공급량이, 단 하루에 다.

그리고 어느 날은 곡물 가루가 왔다. 이번에도 역시 곡물 가루 '만'이었다. 과일도 그랬고 가축 포유류 고기도 그랬다. 모든 물품이 약속한 양만큼 오기는 했지만, 식재료가 다 따로 왔다.

저장했다 먹으면 되겠지 싶겠지만, 그것도 만만한 일은 아니었다. 식재료를 비축해 두려면 처음 얼마 동안은 정해진 양보다 적게 먹는 수밖에 없었다. 그리고 실제로 그렇게 했다. 그렇게 조금씩 남기다 보면 언젠가는 균형 잡힌 식재료를 저장고에 채울 수 있을 것 같았다. 하지만 맥주밖에 오지 않은 주에는 모두가 난감해하지 않을 수 없었다. 맥주만 먹고 버틸 수는 없었으니까.

"한꺼번에 모아서 못 보내고 재료 수급이 되는 것부터 빨리빨리 보내느라 그런 거야. 게다가 보급선도 작아서 자주 보내려다 보니 그렇게 된 거겠지. 종합이 안 되니까."

소장님이 말했다. 그러자 달루 아저씨가 대꾸했다.

"아무리 그래도 그렇지, 어디서 이따위로 보낼 생각을 했을까요. 담당하는 놈이 누군지 얼굴이나 한번 봤으면 좋겠네요."

이래저래 고달픈 나날이었다. 다음에 뭐가 올지, 혹시나 그것마저도 끊어지지 않을지 알 수 없으니 일단은 무조건 저장하고 비축해 두어야 하는 상황. 고기가 오고, 그다음 주에 또 고기가 온 다음, 이 주 뒤에 다시 고기가 왔다. 맥주도 떨어지고 채소도 떨어지고 과일도 떨어지고 거의 아무것도 남지 않았을 무렵, 우리는 매일 고기를 먹었다. 하루에 두 번씩 고기만 먹어야 했다. 그때부터 얼마 동안은 정말로 고기 말고는 아무것도 못 먹었다. 그로부터 열흘 뒤에 마침내 기다리고 기다리던 새 보급선이 올 때까지.

그리고 그 보급선 안에는 신선한 돼지고기가 잔뜩 들어 있었다.

"아, 소장님. 언제까지 이러고 있을 거예요? 철수 요청 하자고요."

제일 먼저 폭발한 건 역시 달루 아저씨였다. 소장님은 연구소 사람들이 모두 쳐다보는 가운데 이렇게 말했다.

"조금만 더 버텨 봐. 위쪽에서도 고심하고 있을 거라고. 이놈의 행성, 인구라고 해 봐야 연구 인력이 단데 우리마저 철수하면 저쪽 연구 팀만 남잖아. 그럼 인구 점유율 80퍼센트 기준을 넘기게 된다고. 나도 우리가 이 행성을 반드시 차지해야 한다는 건 아닌데, 그렇다고 저쪽이 지배권을 행사하게 돼도 괜찮은 건 아니잖아. 지금처럼 누구 소유도 아닌 탐사 중인 천체로 남아 있게 하려면."

"아, 알았어요, 알았어. 그래도 이거 보낸 놈한테 욕이나 좀 실컷 해 주세요. 유감이라고만 하지 말고. 유감은 무슨 유감. 욕을 퍼부으라고요, 욕을."

전쟁은 이어졌지만 어른들은 여전히 하던 일을 계속했다. 사실 하던 일을 계속하는 것 말고는 딱히 할 일도 없었다.

전쟁이란 참으로 심심한 일이었다. 어른들이 모두 출근하고 나면 나는 하루 종일 혼자서 시간을 보내곤 했다. 연구소 식구 중에는 내 또래 아이들이 여섯 명 더 있었지만 같이 놀고 싶은 아이는 별로 없었다. 나중에 안 일이지만, 나를 피한 건 사실 그 아이들이 먼저였다. 이유를 가만히 따져 보니 나 빼고는 전부 연구원 자녀들이어서 그런 것 같았다.

엄마는 미용사였다. 무지하게 실력 없는 미용사. 그리고 연구소 전체에 단 하나밖에 없는 미용사. 엄마는 투덜거리는 사람들에게 이렇게 말하곤 했다.

"미안해요. 제가 원래 무중력 스타일 전문이라 중력 헤어스타일은 손에 잘 익지를 않네요. 나중에 궤도 정거장에서 개업하면 그때 한번 들러요. 끝내주는 머리 해 줄게. 서비스로."

그 말은 사실이었다. 우주선이나 정거장에서 엄마는 유명인들 머리만 만지던 인기 많은 미용사였다. 하지만 연구소 사람들은 그 말에 별로 신경 쓰지 않는 것 같았다. 엄마의 직업 때문에 차별을 당하거나 한 건 아니었지만, 연구원 집 아이들과는 어쩐지 거리가 느껴졌다.

나는 혼자서 국경 근처를 어슬렁거렸다. 지도에만 나와 있는 선이 보이지 않는 장벽처럼 눈앞을 가로막고 있었다. 어른들 몇 명이 "망명할 거냐."라며 놀렸지만, 나는 망명이 무슨 뜻인지조차 알지 못했다.

'그러고 보면 채은신지네 엄마 아빠도 다 연구원인데, 걔랑은 왜 같이 있었나 몰라. 하긴 만나면 맨날 싸우기만 했지.'

나는 망원경을 들고 국경 근처 어딘가에 쪼그리고 앉았다. 그리고 망원경을 통해 그 너머를 한참 동안이나 바라다보았다. 채은신지네 연구소, 채은신지네 집 앞, 채은신지네 옥상. 채은신지는 뭘 하고 지내는 걸까. 붙들고 싸울 녀석이 있기는 한 건가.

신지, 은신지, 채신지, 채은신지. 나는 입 속으로 그 이름을 우물거리면서 오래도록 국경 너머를 염탐했다. 그러다 그쪽 연구실 옥상 나무 뒤쪽에서 수상한 그림자 하나를 발견했다. 스파이처럼 나무 뒤에 숨어서 망원경만 빼꼼 내밀고 있는 아이. 그 순간, 그 아이의 망원경이 내 쪽으로 휙 방향을 틀었다. 나는 미처 피할 새도 없이 그 아이와 눈이 마주치고 말았다. 아니, 망원경끼리 마주치고 말았다.

'뭐 하냐, 은신지!'

저쪽에서 채은신지가 먼저 손을 흔들었다. 나도 따라서 손을 흔들었다. 그뿐이었다. 아무 일도 일어나지 않았다. 날이 어두워지자 채은신지는 그 모습 그대로, 심지어 망원경까지도 그대로 눈에 바짝 붙인 채, 웃기는 걸음걸이로 집으로 들어갔다. 나도 마찬가지였다. 망원경을 눈에 대고 걷는 이상한 짓은 하지 않았지만.

다음 날도 망원경을 들고 그곳으로 갔다. 십 분쯤 기다렸더니 채은신지가 나타났다. 채은신지는 커다란 스케치북을 펼쳐 미리 적어 온 글을 보여 주었다.

—야, 스파이. 너네는 먹을 것도 없다며. 우리는 많은데.

그러고는 가방에서 복숭아를 꺼내 크게 한 입 베어 물었다. 달콤해 보이는 과즙이 채은신지의 손을 타고 바닥에 흘러내렸다.

'아, 과일!'

나는 집으로 돌아가, 이제는 보기만 해도 역겨운 생각이 드는 양 갈비 하나를 손에 들고는 다시 그 자리로 갔다. 그리고 채은신지가 보는 앞에서, 손가락을 쪽쪽 빨아 가며 맛있게 먹어 치웠다. 물론 진짜로 맛있어서 그런 건 아니었다. 나는 채은신지의 얼굴이 보고 싶었지만, 채은신지의 얼굴 앞에 붙은 망원경만 하루 종일 보다가 집으로 돌아가야 했다.

그날 저녁 엄마에게 그 이야기를 했더니, 엄마가 고개를 갸웃하며 이렇게 말했다.

"이상하다. 거기도 우리랑 비슷할 텐데. 거기라고 우리보다 나을 건 또 뭐람."

"하지만 은신지가 그랬어. 그쪽에는 먹을 거 많다고."

"니네는 사춘기도 다 지난 애들이 하는 짓은 꼭 애들 같니. 그래서 너는 뭐랬는데? 우리는 먹을 거 없으니까 좀 나눠 줘라 그랬어?"

"당연히 안 그랬지."

"너나 채신지나 하여튼 똑같은 놈들이다. 어떻게 둘 다 요만큼도 안 지려고 바득바득 우겨 대냐. 커서 뭐가 되려고 그래?"

다음 날은 돼지 앞다리 살과 태양열 조리기를 가져다가 채은신지가 보는 앞에서 직접 구워 먹었다. 아주아주 천천히 한 점씩 한 점씩 구워 먹었다. 일부러 그런 게 아니라 먹기 싫은 걸 맛있는 척하며 먹으려니 저절로 그렇게 됐다. 채은신지는 그 모습을 한 시간이 넘게 뚫어져라 지켜보았다. 여전히 망원경을 얼굴에서 떼지 않은 채였다.

다음은 채은신지 차례였다. 멀리서 보기에도 새빨갛게 잘 익은 수박 반 통. 채은신지는 마침내 망원경을 얼굴에서 떼고는 거의 한 시간에 걸쳐, 나만큼이나 천천히 수박을 먹었다.

나는 스케치북에 이런 글을 적어서 채은신지 쪽으로 들어 보였다.

—그게 뭐 하는 짓이야? 고기도 아니고 겨우 수박 가지고.

채은신지는 잠깐 망원경을 들어 내 쪽을 보더니 내 말에는 아랑곳하지 않고 다시 도도한 자태로 수박을 먹었다. 나는 멍하게 입을 벌리고 그 모습을 가만히 바라보았다. 어쩜 씨를 뱉는 모습까지도 저렇게 우아할까. 앉은 자세에서부터 손끝까지 어디 하나 흐트러지지 않은 우아한 자태로 채은신지는 결국 수박 반 통을 다 먹어치웠다. 그러더니 포만감을 견디지 못하고 바닥에 벌렁 드러누워버렸다.

웃음이 났다. 망원경으로 자세히 보니, 채은신지의 어깨가 들썩이는 모습이 보였다. 너무나 귀에 익은 은신지의 웃음소리가 그 먼 거리를 뛰어넘어 내 바로 옆에서 들려오는 것만 같았다. 나도 바닥에 드러누웠다. 우리는 그렇게 나란히 누워 같은 하늘을 올려다보며 낮잠이 들었다.

이틀 뒤에 새 보급선이 도착했는데, 이번에는 한 배 가득 해산물이 실려 있었다.

"풀 없어, 풀? 김이나 미역 같은 거?"

달루 아저씨가 조바심을 내며 물었다.

"없는데. 조개, 오징어, 참치, 생선 이런 것밖에."

그날 저녁에 연구소 강당에서 회의가 열렸다. 달루 아저씨를 비롯한 많은 어른들이, 이제 아무래도 철수 요청을 하는 게 좋겠다고 말했다.

"애들을 생각해서라도."

사람들이 우리 쪽을 돌아보았다. 나는 불쌍한 표정을 지어 보였다. 그 모습을 보고 연구원 누나들 몇 명이 히죽거리며 웃어 댔다.

"절대 그럴 수는 없대도!"

소장님이 단호한 얼굴로 소리치자 모두의 시선이 그쪽으로 옮겨졌다.

"여러분, 좀 참아 봅시다. 왜 참아야 하는지는 누차 설명하지 않았습니까. 아직 탐사도 덜 끝난 이 행성이 벌써부터 누군가의 영토가 되어야 하겠습니까. 우리가 물러나면 이 자리에 다른 사람들이 들어온다고요. 지금 저쪽 연구 팀을 이기자는 게 아닙니다. 저 사람들이나 우리나 다를 게 뭐가 있겠어요? 저쪽이 먼저 물러나기를 바라지도 않아요. 저는 그저 양쪽 모두가 잘 버텨 주기를 바랄 뿐이라고요."

그 말에 사람들이 입을 다물었다. 다들 뭔가 생각에 잠긴 듯했다.

잠시 후 침묵을 깨고 달루 아저씨가 말했다.

　"버티고 있다고요. 무슨 말씀이신지 잘 알고 있고요. 하지만 이 대로는 못 버텨요. 마냥 참고 견디라고만 할 수는 없는 거잖아요. 풀이 먹고 싶다고요, 풀. 우리가 무슨 유목민도 아니고, 이러다 비타민 부족으로 다 쓰러져요. 쓰러지는 게 문제가 아니라, 변비 는 어쩔 거냐고요. 안 그래요? 다들 말은 안 하지만, 똑같을 거 아 니에요."

　"그래도 우리부터 물러날 수는 없잖아. 생각을 해 봐. 저쪽도 우 리만큼 곤란할 거라고. 그래도 저렇게 잘 버티고 있잖아. 그런데 우리가 먼저 포기해 봐. 그럼 저 사람들이 저렇게 버텨 온 것까지 전부 아무것도 아닌 게 돼 버린다고. 그걸 생각하면 좀 더 버텨 줘 야 될 것 같지 않아?"

　언성이 점점 더 높아져만 갔다. 나는 귀를 틀어막았다. 물론 귀 를 막는다고 소리까지 다 막을 수는 없었지만, 아무것도 안 들리고 아무것도 안 보이는 것처럼 딴생각에 잠겼다.

　그때였다. 엄마가 자리에서 벌떡 일어나더니 모두에게 들릴 만 큼 큰 소리로 이렇게 외쳤다.

　"그럼 바꿔 먹어요!"

　모두의 시선이 이번에는 엄마 쪽을 향했다.

　"뭘?"

달루 아저씨가 물었다. 그러자 다시 엄마가 말했다.

"저쪽도 사정이 우리랑 비슷하다며. 목표도 우리하고 다를 게 없고. 그럼 바꿔 먹으면 되잖아. 저쪽 거랑 우리 거랑."

"그렇게만 되면야 좋지. 그런데 자기도 알잖아. 전쟁 시작되고 나서 저쪽에서 어떻게 나왔는지. 공동 연구 하던 거 싹 취소하고 데이터까지 깨끗하게 회수해 갔다며. 나도 봐, 전쟁 나니까 딱 쫓아내잖아. 우린들 뭐 이러고 싶어서 이러나. 저쪽에서 먼저 전시 상황처럼 구니까 그렇지."

"저쪽에서만 일방적으로 그런 건 아니잖아. 우리도 봐. 전함인지 뭔지 딱 뜨자마자 저쪽이랑 왕래를 딱 끊었잖아. 안 그래? 공동 시설물도 우리끼리 다 쓰지도 않을 거면서 저쪽에서 못 쓰게 자물쇠부터 걸어 잠그고. 유치하게 군 건 이쪽도 마찬가지라고. 그러니까 서로 없었던 셈 치고 되돌리면 되잖아."

"없었던 일이 아니니까 그렇지. 분명히 있었던 일이니까 되돌리기도 쉽지 않다고."

다음 날 오전에 나는 망원경과 스케치북을 들고 다시 국경 근처로 갔다. 그리고 채은신지에게 이런 글을 써 보였다.

—바꿔 먹으면 된대. 엄마가 그랬어.

그러자 채은신지도 스케치북에 뭔가를 썼다.

—부러웠냐? 먹고 싶어? 그럼 빌어 봐. '누나' 해 봐.

—미쳤냐?

—좀 나눠 줄까? 나는 니네 거 별로 안 먹고 싶으니까 바꿔 줄 필요는 없어.

—나도 됐어, 그럼.

그날 우리는 결국 서로의 전시 배급 식량을 교환했다. 나는 몇 달 만에 처음으로 채은신지를 가까이에서 볼 수 있었다.

"은신지, 키 좀 큰 것 같다."

"당연하지. 우리는 무지하게 잘 먹거든."

"키만 좀 컸지 비쩍 곯았는데 뭐. 옆으로 커야 잘 먹는 거야."

"됐네, 야만인."

내가 준 건 돼지고기 목살이었고, 채은신지가 준 건 피망과 아삭이고추였다.

"애걔, 겨우 요거냐? 내가 손핸데. 고기 이만큼하고 풀 겨우 고만큼하고 비교가 되냐?"

"싫음 말고. 나 원래 목살 안 좋아하거든."

"옜다, 인심 썼다. 퍼 주기 한번 하지 뭐. 어디 가서 소문내지 마. 이적 행위 했다고 소장님한테 불려 가서 혼날라."

"너나 그러셔."

그날 저녁 식사 시간에, 나는 흙이라도 씹어 먹는 듯한 표정으로 고기를 먹고 있던 어른들이 지켜보는 가운데 잘 익은 피망 네 알과 아삭이고추 여섯 개를 척 꺼내서 식탁 위에 놓았다.

"그게 뭐냐?"

달루 아저씨가 물었다.

"포로 교환이에요."

"사랑의 증표야? 그럼 못 뺏어 먹는데."

"마음대로 생각하세요."

나는 그 피망을 아무에게도 양보하지 않았다. 엄마도 예외는 아니었다.

사람들이 모두 내 쪽을 흘긋흘긋 훔쳐보는 것 같았다. 나는 피망 하나를 집어서 반으로 쪼갰다. 촥 하고 갈라지는 소리가 났다. 그렇게 큰 소리도 아니었는데, 마치 메아리가 치듯이 연구소 식당 안을 가득 채웠다.

나는 채은신지가 가르쳐 준 대로 반으로 쪼갠 피망 반쪽을 다시 한 번 결대로 반으로 갈랐다. 그런 다음 한 조각을 집어서 오목한 안쪽 면에 고기 한 점을 얹었다. 피망에 비하면 터무니없이 작은 한 점이었다. 그리고 드디어 그걸 입으로 가져가는 순간, 나는 채은신지가 앉은자리에서 수박 반 통을 먹어 치울 때 보여 줬던 그 느리고 우아한 동작을 떠올렸다. 어디선가, 누군가가 침을 꿀딱 삼키는 소리가 들렸다.

와작.

피망 씹는 소리가 허공을 갈랐다.

와작.

마치 하늘이 갈라지듯 성스럽고 숭고하기까지 한 소리였다.

와작.

피망을 씹고 있는 건 나밖에 없었지만, 그 소리로 인해 모두의 머릿속에 잠자고 있던 피망의 맛과 식감이 한꺼번에 되살아나는 게 눈에 훤히 보였다.

와작.

와작.

와작 와작 와작.

그때 식당에 나타난 소장님이 내 앞에 놓인 피망을 보고는 그만 그 자리에 우뚝 멈춰 서는 모습이 눈에 들어왔다.

와작!

꼴딱.

다음 날 아침에 연구소 전체 회의가 열렸다. 이번에는 지난번 회의보다 훨씬 부드러운 분위기였다.

"정면 돌파 합시다."

소장님의 말에 모두가 찬성의 뜻을 밝혔다.

곧바로 그날 점심 무렵에, 전쟁 발발 이후 가장 큰 규모의 인력 동원이 있었다. 아이들까지 포함한 연구소 식구 거의 전부가 도서관 마당에 집결했던 것이다.

"첫 한 번의 공격으로 제압해야 합니다. 두 번째는 더 힘들어질 수 있어요. 단 한 번의 기습으로 상대의 저항 의지를 완전히 꺾어야 됩니다. 아셨죠? 자, 그럼 시작합시다."

어른들이 모두 제 위치로 갔다. 그리고 일제히 불을 지폈다. 불판이 충분히 달아오르자 첫 번째 고기가 불판 위에 배치되었다.

치지지지지지지.

기름 튀는 소리가 빗소리처럼 들렸다. 그것을 신호로 사방에서 고기 굽는 소리가 동시에 들려오기 시작했다. 소나기가 퍼붓듯 요란한 소리였다.

채은신지가 멀리서 그 광경을 지켜보고 있었다. 그리고 국경 너머에 있던 사람들이 하나둘씩 얼굴을 내밀기 시작했다.

치지지지지 치지지지지지지이익.

하지만 우리가 보유한 무기 중 가장 결정적인 것은 소리가 아니었다. 냄새였다.

적 전함이 평소보다 이른 시간에 마을 위를 지나갔다. 십 분도 채 안 돼서, 채은신지네 연구소 사람들이 거의 모두 얼굴을 내민 듯했다. 어쩐지 긴장감이 느껴졌다.

치치치치치치치.

한 걸음씩 한 걸음씩 국경 근처까지 다가오는 사람들이 있었다. 아직은 거리가 멀어서 소리까지는 들리지 않겠지만, 냄새만은 이미 닿고도 남을 만했다. 어쩌면 전날 저녁에 내가 연구소 식당에서 한 일을 채은신지도 자기네 식당에서 똑같이 했을지도 모른다. 그랬다면 그 효과는 이쪽보다 저쪽에서 더 컸을 게 분명했다. 고기였으니까.

도서관 마당에는 식탁과 의자가 마련되어 있었다. 물론 먹을 거라고는 고기밖에 없었지만, 식기는 전부 좋은 것들이었다. 그리고 그 거리에서라면 건너편 사람들 눈에도 틀림없이 보였을 것이다. 식기나 의자가 놓인 걸 보면 당연히 알 수 있었을 것이다. 우리 쪽 연구소 식구들을 다 합한 숫자보다 훨씬 더 많은 자리가 준비되어 있다는 사실을.

사람들이 몇 걸음 더 다가왔다. 냄새에 이끌려, 그 떠들썩한 분위기에 이끌려. 이미 몇몇은 자신도 모르는 사이에 국경을 넘은 상태였다. 전선을 넘어서고 있었던 것이다. 표정이 보였다. '저건 뭐 하자는 거지?' 하는 표정이었다. 긴장감이 느껴졌다. 조금은 비장한 기분도 들었다.

그런데 그때, 건너편에 서 있던 누군가가 뭐라고 지시를 하자 다가오던 사람들이 모두 발걸음을 멈췄다. 그쪽 연구소 소장님이었다. 우리 쪽 사람들이 다들 숨을 죽인 채 그쪽을 바라보았다. 건너편 사람들 몇몇이 자기네 연구소 건물 쪽으로 바쁘게 뛰어가는 모습이 보였다. 무슨 일일까. 도대체 무슨 지시를 내린 걸까. 긴장의 끈이 좀 더 팽팽해졌다. 그러다 끊어져 버리면 그냥 맥없이 축 처져 버릴 것만 같은, 기대 섞인 긴장감. 곧 뭐라도 터져 버릴 듯 공기가 무거웠다.

하지만 그 긴장감은 그리 오래가지 않았다. 연구소로 달려갔던 사람들이 뭔가를 잔뜩 들고 나타났던 것이다. 그리고 그걸 알아본 사람들부터 하나둘 표정이 편안해지는 모습이 보였다. 편안한 표정의 파도가 물결처럼 차르륵 우리 쪽으로 번져 왔다.

하늘은 여전히 시끄러웠다. 평소보다 일찍 뜬 우주 전함 때문이었다. 우주 전함은 아마도 아래를 내려다보고 있었을 것이다. 자기네 편 사람들이 국경을 넘는 모습을, 저장고에 보관되어 있던 피망이며 아삭이고추, 상추며 깻잎 같은 것들을 잔뜩 들고 적국 시민들이 마련한 식탁으로 다가가는 모습을.

그러거나 말거나.

마침내 우주 전함이 하늘 저 너머로 모습을 감춰 버린 순간, 전선은 이미 무의미해진 뒤였다. 아니, 전쟁이 벌써 다 끝난 것만 같았다.

나는 채은신지네 연구소에서 가져온 과일들을 배부르도록 집어 먹었다. 채은신지는 반대로 우리가 갖다 놓은 온갖 종류의 고기들을 끝도 없이 입 안으로 퍼 날랐다. 우리 둘만이 아니라 모두가 마찬가지였다. 쪼개 놓은 피망 한 조각에 삼겹살 한 점. 손에 든 고기와 채소의 크기만 비교해 봐도 어느 쪽 사람인지 쉽게 구분할 수 있었다. 그리고 모두의 손에 쥐어진 고기 피망 쌈 한 점으로부터 생각지도 못했던 기적이 시작되려 하고 있었다.

육즙이, 그전에는 그냥 아무렇게나 입속을 떠돌다가 식도를 지나 위로 내려가 버렸던 그 육즙이, 푸른색 채소의 과즙을 만나 새로운 경지로 승화되고 있었다. 육즙은 더 육즙다워지고 과즙은 더 과즙다워지면서도, 둘이 만나는 지점 그 어딘가에서는 전혀 다른 이름을 붙여 줘야만 할 것 같은 완전히 새로운 차원의 즙이 만들어지고 있었다. 입자 가속기에서 희귀한 입자가 만들어지듯, 완전하고 성스럽고 거룩하기까지 한 순간, 기적이 일어났다.

전쟁은 폭력적인 수단을 통해 펼쳐지는 정치의 연장이지만, 이 순간 전쟁의 양상은 그보다는 훨씬 더 단순해져 있었다. 위가 시키는 대로, 그리고 혀가 이끄는 대로! 무기도 필요 없었다. 그냥 입속으로 집어넣으면 그만이었다. 다른 건 이제 아무 의미도 없었다.

그리고 모두가 동의하는 휴전 협정이 맺어졌다. 입 밖으로 직접 소리를 내어 휴전이라는 말을 꺼낸 사람은 아무도 없었다. 그것은 입 밖에서가 아니라 입 안에서 맺어진 협정이었다. 종이 위에 쓰인 그 어떤 협정보다도 오래오래 지속될 신성한 약속.

"그만 좀 먹어, 이 코끼리 같은 녀석아."

채은신지가 나에게 시비 걸듯 말했다.

"자기는. 너는 무슨, 어? 무슨, 그거냐?"

"말도 똑바로 못 하냐, 멍청한 녀석."

전쟁이 끝나고 채은신지와 나의 오랜 싸움이 다시 시작됐다. 싸움은 그 후로도 쭉 이어졌지만, 적어도 푸른파 대기권 안에서는, 그 누구의 눈에도 보이지 않는 전선이 사람들을 둘로 갈라놓는 일은 두 번 다시 일어나지 않았다. 자전 주기와 공전 주기가 서로 다른 두 행성이 공식적으로 종전을 선포하기 훨씬 전에, 우리는 이미 전쟁을 끝내 버렸다.

그렇게 행성 푸른파는, 어느 쪽도 인구 점유율 80퍼센트가 넘지 않도록 유지되면서 무사히 전쟁 기간을 견뎌 낼 수 있었다. 그리고 그 말은 곧 이 행성이 '그 누구도 독점적 지배권을 행사할 수 없으며, 모든 인류에게 그리고 인류든 아니든 상관없이 행성을 찾는 모든 생명체들에게 온전히 개방된 자유로운 천체로 오래오래 보존될 수 있게 되었'다는 뜻이기도 했다. 물론, 실제로 찾아오는 사람은 그 뒤로도 별로 본 기억이 없지만, 소장님 표현에 따르면 그렇다는 말이다.

그리고 세월이 흘렀다. 다 커 버린 아이들이 고향을 떠나 대학이 있는 곳으로, 대도시가 있는 곳으로 떠나야 할 때였다. 채은신지와 나는 같은 곳으로 떠나게 되었다.

"부끄러워, 부끄러워. 어디 가서 말도 못 하겠어. 고개를 들고 다닐 수가 없어."

"뭐가 또 그렇게 부끄러워?"

"야, 내가 나이가 몇 살이냐. 너보다 누나여도 한참 누난데, 너 같은 꼬맹이하고 똑같이 신입생으로 들어가게 생겼으니 망신이지 뭐야. 일생일대의 오점이다. 완전 대망신이야. 이래서 사람은 좁은 동네에 있으면 안 돼. 나이니 학력이니 안 가리고 비슷해 보이는 애들 전부 한교실에 넣고 가르치니, 나 같은 인재가 하향 평준화되고 마는 거야. 어휴, 이게 뭐니? 완전 우주적인 손실이야."

엄마는 채은신지에게 입학 선물이라며 특기인 무중력 헤어를 특별 할인가로 서비스해 주었다.

"니네는 꼬맹이 때라서 무중력에서 살아 본 거 기억도 없지? 이러고 우주선 타면 촌스럽다 소리 들어. 신지도 이제 여자티가 좀 나니까, 나이에 맞게 좀 꾸미고 그래야지. 지상에서 예쁜 거하고 저 위에서 예쁜 거하고는 완전히 달라요. 그냥 이런 머리 하고 저 위에 올라가면 머리가 진짜 황당하게 뻗친다. 그렇다고 계속 묶고 다닐 수는 없잖아. 그지? 이게 얼마 만이니. 간만에 실력 발휘 좀 해 보겠네. 어휴, 이 머릿결 좀 봐. 좋다! 청춘! 봄날이다, 봄날."

가족들과 작별하고 우주선에 올랐다. 그리고 얼마 지나지 않아 우리는 푸른파의 중력이 완전히 힘을 잃는 곳까지 날아갔다.

채은신지가 안전띠를 풀고 자리에서 일어나면서 나에게 말했다.

"식당 가자."

"배고파? 벌써?"

"아니, 배가 고프다기보다는, 에, 그냥 인테리어가 궁금해서."

"웃기고 있네."

곳곳에 붙어 있는 난간을 짚고 우주선 통로를 휘휘 떠다니는 은신지.

무슨 생각이 떠올랐는지, 앞에서 날아가던 은신지가 갑자기 고개를 획 돌려 내 쪽을 돌아보았다. 그러자 그 긴 머리카락이 중력 없는 허공에 자연스럽게 흩뿌려졌다가, 채은신지가 고개를 돌릴 때마다 그 시선을 따라 한 방향으로 획획 빠르게 이끌려 가곤 했다. 그러고는 다시 허공에 흩뿌려지는 머리카락. 바람에 날리는 것과는 또 다른 느낌으로 모든 방향을 향해 자연스럽게 뻗어 있는, 날아갈 듯 살아 숨 쉬듯 가볍고 경쾌한 머리카락들의 춤.

'우와!'

그 모습에 그만 나도 모르게 입이 딱 벌어지고 말았다.

"뭐 하냐? 먼지 들어가. 입 좀 다물어. 바보 같잖아. 촌에서 온 거 티 내냐?"

채은신지가 말했다.

"은신지, 있잖아."

"뭐가 있어?"

"우리 엄마 말이야. 진짜 실력 있는 미용사인가 봐."

"뭐라는 거니?"

"어? 아니, 그게 있잖아……."

그 순간 내 눈앞에는 이제껏 수도 없이 보아 온 그 채은신지와 같은 사람이라고는 도저히 믿기지 않는, 우주에서 제일 우아하고 아름다운 여자가 내 두 눈을 빤히 들여다보며 만면에 장난기 어린 미소를 가득 머금은 채 통로 난간을 잡고 그 자리에 둥둥 떠 있었다.

그렇게, 채은신지를 만났다.

다시 한 번 채은신지가 내 마음에 쏙 들어왔다.

이 현

고양이의 날

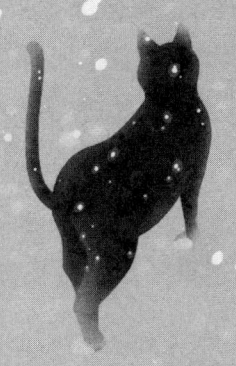

캄캄한 밤중에도 넘어지지 않는
높은 곳에서 춤춰도 어지럽지 않은
──시인과 촌장 「고양이」 중에서

고양이가 고양이에게 물었다. 엄밀하게 말해서, 이제 태어난 지
오 개월째로 접어든 잿빛 줄무늬 고양이가 제 어미인 검은 고양이
에게 물은 것이다.

──못 들은 척하면 안 돼요?

하지만 그 말이 채 끝나기도 전에 어미 고양이는 밖으로 나갔다.
여행 가방 안에서 함께 자고 있던 하얀 고양이도 마찬가지였다.

그럴 줄 알면서 아쉬운 마음에 괜히 물은 거였다. 날씨가 좀 풀
리긴 했지만 아직 추웠다. 그나마 셋이 몸을 붙이고 있으면 좀 나
은데, 가뜩이나 추운 새벽에 날벼락이었다.

계단 내려오는 발소리가 그치고 삑─ 하는 전자음이 울렸다. 다

세대 주택 301호에 사는 소녀가 현관문을 열고 나왔다.

잿빛 고양이는 여행 가방 안에 앉아서도 밖에서 벌어지는 상황을 훤히 알 수 있었다.

어미 고양이는 이미 담장 위로 뛰어올라 어둠에 몸을 숨기고 감시의 눈을 번득이고 있을 것이다. 하얀 고양이는 소녀의 발치까지 달려가 갸르릉거리며 드러누울 것이고 그러면 소녀도 좋아 죽겠다는 얼굴로 하얀 고양이를 연방 쓰다듬을 것이다.

하얀 고양이는 맑은 가을날의 구름처럼 풍성하고 하얀 털에 유리구슬처럼 푸른 눈동자를 가졌다. 고양이 눈에야 그저 고양이일 뿐이지만, 인간들의 눈에는 유독 예뻐 보였다. 잿빛 고양이나 그 어미 같은 평범한 길고양이들과는 전혀 다른, 그러니까 페르시안 계통의 고양이가 분명했다.

그와는 달리 어미 고양이는 그림자 같은 데가 있었다. 코에서부터 배까지는 털빛이 하얬지만, 그 밖에는 온몸이 새까맸다. 단지 털빛의 문제가 아니었다. 어미 고양이는 기척도 없이, 상대가 알아챌 겨를도 없이 기민하게 움직였다.

이야옹— 이야옹— 하얀 고양이가 한껏 애교를 부리며 울었다. 소녀가 먹이를 꺼내 들었다는 뜻이다.

잿빛 고양이는 어미도, 하얀 고양이도 이해할 수 없었다. 감시하지 않아도 소녀는 고양이들을 절대 공격하지 않을 것이고, 애교를 부리지 않아도 먹이를 줄 것이다. 그런데 왜 굳이 저렇게들 애를 쓰는지.

어쨌거나 잿빛 고양이도 억지로 몸을 일으켜 느릿느릿 걸어 나
갔다. 이대로 고스란히 추위를 느끼고 있느니 차라리 움직이는 게
나았다.

그런데 계단 내려오는 발소리가 다시 들려왔다. 잿빛 고양이는
우뚝 걸음을 멈추었다. 하얀 고양이도 후다닥 담장 쪽으로 도망쳐
왔다. 소녀마저도 당황한 빛을 띠며 현관으로 달려갔다. 하지만 어
미 고양이는 발소리 따위 아랑곳하지 않은 채 담장 위의 어둠 속
에서 노란 눈동자를 번득였다.

빽— 현관문이 열리고 소녀의 아버지와 남동생이 나왔다. 소녀
의 아버지는 못마땅한 눈으로 담장 쪽을, 그리고 소녀를 흘겨보았
다. 곧 소녀의 가족은 승용차를 타고 어디론가 떠나갔다. 전조등
불빛이 사라지자 주차장은 다시 깊은 어둠에 잠겼다.

아직 캄캄한 새벽이었다.

잿빛 고양이는 뒷다리를 길게 뻗으며 늘어지게 하품을 하고 먹
이 그릇으로 다가갔다. 고소한 냄새가 풍겨 왔다. 오늘은 소녀가
캔에 든 참치를 먹이로 준 모양이다. 그래도 어미 고양이와 하얀
고양이는 좀 떨어져 앉아 잿빛 고양이를 지켜보기만 했다.

먹이가 생기면 늘 이런 순서다. 새끼인 잿빛 고양이가 먼저, 수
컷이지만 사냥에는 젬병인 하얀 고양이가 그다음, 그리고 끝으로
잿빛 고양이의 어미인 검은 고양이가.

하지만 잿빛 고양이는 별로 입맛이 없었다. 먹이를 앞에 두고도 졸음이 쏟아졌다. 어미가 갓 잡아 온 따끈따끈한 새라면 또 모를까. 잿빛 고양이는 참치에 대고 몇 번인가 코를 킁킁거리다가 그냥 옆 그릇의 물만 좀 할짝거리고 물러났다. 그러자 다음 차례인 하얀 고양이가 얼른 다가와 먹이 그릇을 향해 고개를 숙였다.

그 순간이었다.

크항! 검은 고양이가 담장에서 그대로 뛰어내려 하얀 고양이를 덮쳤다. 이야옹! 하얀 고양이가 비명을 지르며 나동그라졌다. 잿빛 고양이도 덩달아 놀라 담장 끄트머리까지 후닥닥 도망쳤다. 검은 고양이는 하얀 고양이를 향해 송곳니를 다 드러내 보이며 하악거렸다.

―가!

―왜…… 그래?

하얀 고양이는 비틀거리며 간신히 일어났다. 검은 고양이는 아무런 설명도 없이 성큼성큼 다가갔다. 하얀 고양이가 주춤주춤 물러났다. 마주 보고 춤이라도 추듯, 두 마리의 고양이는 같은 박자로 걸음을 옮겨 주차장 끝에 다다랐다. 다시 성큼, 검은 고양이가 밀어 내듯 다가갔지만 하얀 고양이는 움직이지 않고 버텼다. 그러자 검은 고양이가 그대로 앞발을 들어 하얀 고양이를 후려쳤다.

이야옹! 하얀 고양이는 꼬리를 다리 사이로 말아 넣은 채 골목 바깥으로 달아나 버렸다.

따지고 보면, 수고양이가 여태 영역에 그대로 남아 있다는 사실 자체가 유별난 일이긴 했다. 다 자란 고양이 두 마리가 같은 영역을 공유하고 사는 건 예사로운 일이 아니었다. 그러니까 터질 일이 터진 거라고 할 수 있었다. 진작 그랬어야 하는 것인지도 몰랐다. 하얀 고양이가 떠나거나 혹은 쫓겨나거나. 잿빛 고양이도 언젠가부터 자연히 알고 있던 일이다.

하지만 이곳은 본래 하얀 고양이의 영역이었다. 소녀가 먹이를 주는 것도 사실 하얀 고양이를 위해서였다. 인간인 소녀와 말이 통하는 건 아니지만, 잿빛 고양이도 그쯤은 그냥 알 수 있었다.

그런데 지난여름, 검은 고양이가 새끼를 밴 채 이곳으로 흘러들어 왔던 것이다. 잿빛 고양이도 어미 배 속에서 함께 온 셈이다.

지하철역이 있는 큰길에서 주택가로 이어지는 시멘트 도로를 따라 죽 들어오면 오른편으로 동네에서 꽤 유명한 중국집이 있다. 그 맞은편에는 아침 7시에 문을 열어 모닝 스페셜 토스트 세트를 판매하는 커피 전문점이 있는데, 그 건물을 끼고 좁은 골목으로 들어와 막다른 끝에 이곳, 그러니까 붉은 벽돌로 지어진 3층짜리 다세대 주택이 있다.

별다른 특징이랄 것도 없는, 그런 평범한 주택이다. 인근의 다세대 주택들이 대개 그러하듯 1층 공간은 주차장인데, 골목에서 주차장으로 들어와 왼편으로 보이는 담장과 다세대 주택 건물 사이의 좁은 틈새에는 잡동사니들이 함부로 버려져 있었다.

마른 흙만 가득한 화분, 용도 불명의 쇠 파이프, 다리가 하나 없는 의자, 살이 드러난 우산, 커버가 벗겨진 유모차 그리고 고양이들이 둥지로 삼고 있는 플라스틱 재질의 짙은 남색 여행 가방.

검은 고양이가 임신을 한 채 그 가방 안으로 흘러들었을 때, 마침 하얀 고양이도 짝을 찾던 시기였다. 오래지 않아 검은 고양이는 두 번째 아기집에 하얀 고양이의 새끼를 가졌다. 그리고 가을이 되어 네 마리와 세 마리, 그렇게 차례로 일곱 마리의 새끼를 낳았다.

그러니까 하얀 고양이는, 잿빛 고양이의 생물학적 아비가 아니다. 그래도 아비 자식 사이나 다름없는 사이다. 다른 새끼들은 모두 죽고, 달랑 셋만 남아 여태 함께 지내 왔다.

그런데도 굳이 쫓아내야 하는 건가.

잿빛 고양이는 옆에 누운 어미를 흘금거리며 몇 번이고 그런 생각을 했다. 어미 고양이는 등을 보이고 누운 채 꼼짝도 하지 않았다. 자는 건지 마는 건지, 도무지 기척이 없었다. 평소에는 가랑잎 바스락거리는 소리에도 튕겨 오르듯 일어나곤 하더니 아까부터 옆집 개가 시끄럽게 짖어 대도 귀 끝 한 번 움직이지 않았다. 벌써 몇 시간째였다. 이제 바깥은 훤히 밝아져 있었다.

이야옹— 이야옹— 견디다 못해 잿빛 고양이가 애처로운 울음소리를 냈다. 어미 고양이가 발딱 일어나 앉았다. 잿빛 고양이는 반가운 얼굴로 어미의 등에 코를 비볐지만 어미는 뒤도 돌아보지 않고 그대로 가방에서 나가 버렸다.

어미 고양이가 본래 이런 식이라는 걸 알고 있지만, 잿빛 고양이는 이따금 새삼스레 서운해졌다. 젖을 뗀 이후, 어미는 단 한 번도 털 손질을 도와준 적이 없었다. 다정하게 뺨을 맞대며 인사를 나누는 일도 없었다.

그 대신 하얀 고양이가 곁에 있었다. 하얀 고양이는 바로 어제까지 하루도 빠짐없이 따뜻한 혀로 털 손질을 도와주었다. 늘 자신보다 잿빛 고양이가 우선이었다. 둘은 자동차 보닛에 나란히 올라앉아 털 손질을 같이 하며 아침을 맞았다. 이제 막 시동이 꺼져 따뜻한 보닛 위라면 더 바랄 게 없었다.

잿빛 고양이가 제 옆의 빈 자리를 돌아보며 또 구슬프게 울었다. 이야옹— 그래 봤자 어미 고양이는 담장 위에 앉아 털 손질에 여념이 없었다. 오늘따라 주차장에도 자동차 한 대 없었다. 다세대 주택 전체가 이상하리만치 조용하고 썰렁했다.

잿빛 고양이는 바깥으로 나오며 저도 모르게 자꾸 주위를 두리번거렸다. 하얀 고양이는 아직 영역에 남아 있을 게 틀림없었다. 감히 검은 고양이 앞에 나타날 엄두는 내지 못할 테지만, 떠날 수도 없을 것이다. 그토록 겁 많은 성격에 가면 대체 어딜 가겠는가.

니야오— 어미 고양이가 털 손질을 끝내고 힘찬 울음소리를 터트리며 바닥으로 풀쩍 뛰어내렸다. 잿빛 고양이는 괜히 눈치가 보여 옆으로 후딱 비켜섰다. 어미는 잿빛 고양이를 힐긋 보고서 잰걸음으로 주차장을 빠져나갔다. 어미의 뒷모습은 이렇게 말하는 듯했다. 따라와.

잿빛 고양이는 얼른 하늘을 살폈다. 새벽의 기운이 서서히 물러나고 있는 아침, 인간들이 한창 분주하게 거리를 오갈 시간이다. 늘 먹이를 얻어먹는 그 카페는 문을 열지 않았을 시간이기도 하다.

해가 하늘 꼭대기에 이를 때쯤이면 주인 남자가 하얀 승용차를 몰고 카페로 출근했다. 잿빛 고양이네는 딱 그 시간에 맞추어 카페로 가서 먹이를 얻어먹곤 했다. 그 무렵이면 거리도 꽤 한산해서 좋았다.

하지만 지금은 카페가 문을 열지 않았고 거리에 인간들도 많을 시간이다. 어미는 대체 어딜 가겠다는 건지.

잿빛 고양이는 영 내키지 않았다. 뛰어오르는 일이라면 언제든 좋지만, 별다른 볼일도 없이 걸어 다니는 건 딱 질색이다. 혼잡한 거리에서 몸을 낮추고 그늘진 구석을 골라 밟으며 돌아다니는 건 더더욱.

그런데 오늘은 분위기가 좀 달랐다. 다세대 주택 주차장은 물론, 골목 바깥의 시멘트 도로에도 자동차 한 대 지나가지 않았다. 온 동네가 텅 빈 듯했다. 인간이 모두 사라져 버린 것처럼 동네는 지나치게 고적했다. 짓궂은 아이들도, 조급한 사람들도, 달리는 자동차도 없었다. 이미 문을 열었어야 할 커피 전문점도, 지금쯤 영업 준비를 시작해야 할 중국집도, 어둑하고 조용할 따름이었다. 어디선가 돌연한 바람이 불어와 커피 전문점 유리문에 붙은 종이를 펄럭였다.

'설 연휴 휴무입니다.'

잿빛 고양이는 텅 빈 거리의 한복판에 우두커니 서 있었다. 니야오— 저도 모르게 기세 좋은 울음이 터져 나왔다. 오늘은 어제와 같은 하루가 아닌 듯했다. 마치 고양이를 위해 마련된 특별한 하루 같았다.

바람의 기운도 확실히 달라져 있었다. 아직 쌀쌀하지만, 며칠 전과는 다른 온기가 스며 있었다. 가을에 태어난 잿빛 고양이는 아직 봄과 여름을 몰랐다. 이 겨울이 끝나지 않을 것만 같아 그저 두렵기만 했다. 그런데 바람결에 실려 오는 무언가가 느껴졌다. 낯설지만 따스하고 또 새로운. 그것이 바로 어미 고양이가 말한 봄인지도 몰랐다.

잿빛 고양이는 설레는 기분으로 걷기 시작했다. 치켜세운 꼬리를 살랑살랑 흔들며 여유롭게 걷는 기분이 썩 유쾌했다. 미야오— 잿빛 고양이는 저만을 위해 존재하는 듯한 세상을 향해 힘차게 울었다. 미야오— 미야오— 요즘 들어 울음소리가 예전과 달라졌다. 좀 더 깊은 곳에서 울려 나오는 듯한, 뜨거운 기운을 담뿍 담은 듯한. 그건 다 자란 암고양이의 울음이었다. 어미를 닮은 울음을 울 때마다 뿌듯한 생각이 들었다. 그래서 들으라는 듯 울어 보기도 했지만, 어미 고양이는 그저 물끄러미 바라보기만 할 뿐 별말이 없었다.

그런데 어미 고양이가 돌연 걸음을 멈추었다. 잿빛 고양이도 영문을 모르는 채 덩달아 멈춰 섰다.

이야옹— 가느다란 울음소리가 들려왔다. 편의점이 있는 모퉁이에 다다르기 전, 커피 전문점과 세탁소 사이의 좁은 골목에서 나는 소리였다. 잿빛 고양이가 서 있는 자리의 바로 왼편이었다. 다시 익숙한 울음소리가 들려왔다. 이야옹— 잿빛 고양이는 반가운 얼굴로 골목을 향해 돌아섰다.

그 순간이었다. 어미 고양이가 잿빛 고양이를 훌쩍 뛰어넘어 골목 안으로 덤벼들었다. 잿빛 고양이는 어미의 서슬에 놀라 납작 엎드렸다. 하얀 고양이가 겁에 질려 바들바들 떨고 있는 모습이 보였다. 어미 고양이는 검은 등을 둥글게 구부리고 송곳니를 다 드러낸 채 하얀 고양이를 골목 바깥으로 내몰기 시작했다.

—떠나라고 했잖아.

검은 고양이가 다시 한 걸음 다가서며 위협적으로 으르렁거렸다. 하얀 고양이는 차가운 시멘트 바닥에 배를 대고 엎드린 채 뒷걸음질 치며 사정했다.

—그렇지만 나는…….

—가!

검은 고양이가 앞발로 하얀 고양이의 얼굴을 후려쳤다. 하얀 고양이는 바싹 엎드린 자세로 물러섰다. 이야옹! 이야옹! 간절히 울며 애원했지만 검은 고양이는 하얀 고양이를 가차 없이 몰아세웠다. 조금씩 그러나 단호하게, 검은 고양이는 하얀 고양이를 한 방향으로 몰고 있었다. 잿빛 고양이는 하얀 고양이가 가여웠지만 감히 나설 수 있는 일이 아니었다. 울음소리조차 내지 못한 채 두 고양이를 뒤따라갈 뿐이었다.

그러다 어느 순간, 잿빛 고양이는 섬뜩한 기분에 걸음을 멈추었다. 코끝을 벌름거리며 주위를 살폈다. 찌든 담배 냄새가 훅 끼쳐왔다. 편의점 앞 쓰레기통에서 나는 냄새였다.

이미 편의점 앞까지 와 있었다. 여기까지는 잿빛 고양이네의 영역이지만, 편의점 앞 2차선 도로 건너편의 주인은 따로 있었다. 그런데 어미는 지금 하얀 고양이를 2차선 도로 저편으로 몰아붙이려는 듯했다.

잿빛 고양이는 두려움에 휩싸인 채 천천히 고개를 돌렸다. 오늘도 어김없었다. 편의점 앞 2차선 도로 건너편의 푸른 컨테이너 지붕에 모래 더미처럼 보이는 뭔가가 있었다. 그것이 꿈틀, 몸을 일으켰다.

*

편의점 앞으로 난 2차선 도로. 여기까지가 잿빛 고양이네 영역

이다. 그리고 2차선 도로를 경계로 그 너머에서부터 지하철역까지
는 다른 고양이의 영역이다. 그저 일개 고양이가 아닌, 왕초라 불
리는 고양이.

그 고양이는 과연 왕초라 할 만했다. 수고양이처럼 목이 굵고 어
깨가 떡 벌어진 노란 줄무늬 고양이로, 어지간한 개들도 기가 죽을
만큼 덩치가 크고 눈빛이 사나운 데다 행동이 민첩했다. 왕초는 편
의점 앞 2차선 도로 너머에서부터 지하철역까지, 작은 재래시장과
식당 골목이 있어 풍요로운 영역을 차지하고 있었다.

감히 그 영역을 기웃거리는 고양이들은 없었다. 어쩌다 다른 지
역에서 흘러온 고양이들이 멋모르고 침범하는 일이 있지만 결과
는 비참했다. 왕초에게 호되게 당하거나, 운 좋게 왕초를 피한대도
또 다른 위기를 맞았다. 떠돌이 개 떼에게 공격받거나 차에 치이거
나. 왕초의 영역은 풍요로운 만큼 위험했다. 왕초만의 영역이고 왕
초가 아니면 감당하기 어려운 영역이기도 했다.

왕초 고양이는 컨테이너 위에서 그 험한 영역 전체를 통제하는
듯했다. 그러니 컨테이너는 두 가지 의미에서 초소라 할 수 있었
다. 인간들이 자율 방범대 사무실로 사용한다는 의미로, 그리고 왕
초 고양이가 경비 초소로 삼는다는 의미로. 왕초는 거의 온종일 컨
테이너 지붕에 엎드려서 꼼짝도 하지 않고 눈만 끔벅였다. 그것만
으로 충분해 보였다. 잿빛 고양이네가 먹이를 주는 그 카페로 가기
위해 날마다 컨테이너 앞을 지나다닐 때도, 왕초는 수염 끄트머리

도 까딱하지 않았다.

그런데 바로 그 왕초 고양이가 일어선 것이었다. 육중한 몸을 일으켜 잿빛 고양이 일행을 매섭게 노려보고 있었다.

—어, 어, 엄마?

잿빛 고양이가 더듬거리며 어미를 불렀다. 하얀 고양이는 왕초를 보고서 공포에 질린 울음을 토해 내며 검은 고양이에게 애원했다.

—알았어. 떠날게. 떠날 테니까 이, 이러지 마.

그러나 검은 고양이는 멈추지 않았다. 다른 방향으로 도망치려는 하얀 고양이를 막아서고 왕초의 영역으로 계속 몰아대었다. 그렇게 기어이, 2차선 도로를 건넜다. 이제 하얀 고양이는 명백히 왕초의 영역에 멋대로 들어선 셈이 되었다.

검은 고양이에게 떠밀린 것이라 해도, 왕초 고양이가 사정을 봐줄 리 없었다. 왕초는 그런 고양이였다. 제 새끼마저 주저 없이 허공으로 밀어 내 버리는.

잿빛 고양이는 그날의 광경이 아직도 눈에 선했다. 초겨울의 어느 날, 카페로 가는 길에 왕초와 그 새끼 고양이들을 본 적이 있었다. 왕초는 새끼 고양이들을 컨테이너 지붕 가장자리에 세워 놓고 아래로 뛰어내리는 법을 가르치고 있었다. 그 정도 높이쯤이야 모두 거뜬하게들 뛰어내렸지만, 유독 겁 많은 새끼가 있었다. 노란 줄무늬가 뚜렷한, 왕초를 꼭 닮았지만 덩치가 작은 새끼였다. 왕초는 컨테이너 지붕에 납작 엎드려 와들와들 떠는 새끼를 그대로 바닥으로 밀어 내 버렸다.

그런 왕초의 영역을 침범하다니. 잿빛 고양이는 그대로 도망치고만 싶었다. 하지만 어미는 이곳이 어딘지도 모르는 것처럼 다시 성큼, 하얀 고양이를 몰아붙이며 자신도 왕초의 영역으로 들어서고 말았다.

크하학! 왕초 고양이가 사납게 포효하며 단숨에 바닥으로 뛰어내렸다. 이야옹! 하얀 고양이가 비명을 지르며 달리기 시작했다. 그와 동시에 검은 고양이가, 그리고 왕초 고양이가 바싹 뒤를 쫓았다.

잿빛 고양이도 그 뒤를 따라 달렸다. 무슨 정신으로 달리고 있는지도 몰랐다. 혼자서라도 도망쳐 버리고 싶은데 몸은 이미 어미를 뒤따라 달리고 있었다.

이융! 이융! 이융! 요란한 경보음이 울려 퍼졌다. 도망치던 하얀 고양이가 경보기가 달린 자동차에 뛰어오른 것이다. 그 소리에 더욱 흥분한 왕초가 하악거리며 울었다. 하얀 고양이는 마지막 비명 같은 울음을 터트리며 어느 집 담장으로 뛰어올랐다. 검은 고양이와 왕초가 그 뒤를 쫓고, 이어서 잿빛 고양이가 담장을 뛰어넘었다. 그리고 다시 줄지어 2층 난간을 건너뛰고 거기서 다시 바닥으로 뛰어내려 골목을 따라 달리다가 대문 아래로 기어 들어갔다. 그렇게 정신없이 내달리다 보니 낯선 놀이터였다. 네 마리가 쫓고 쫓기며 정신없이 달리는 사이에 왕초의 영역을 벗어나 또 다른 영역까지 와 버린 것이다.

끼이이잉—

하얀 고양이는 발톱으로 쇠를 마구 긁으며 미끄럼틀을 기어오르려고 몸부림쳤다. 검은 고양이는 반대쪽 계단으로 이미 미끄럼틀 꼭대기에 올라가 하얀 고양이를 내려다보았다. 그리고 왕초 고양이가 모래밭에 깊은 발자국을 내며 미끄럼틀로 다가가고 있었다.

잿빛 고양이는 미끄럼틀 주위를 불안하게 맴돌며 울어 댔다. 이야옹! 이야옹! 그래 봤자 왕초도 어미도, 잿빛 고양이의 어쭙잖은 울음소리 따위에 조금도 신경 쓰지 않았다.

그런데 놀이터 바깥쪽에서 또 다른 울음소리가 들려왔다. 니야옹! 가늘지만 분명 공격적인 울음소리였다.

네 마리의 고양이는 동시에 소리 나는 쪽을 돌아보았다. 그네 바로 뒤에 있는 단층 주택 담장 안의 은행나무 위에 노란 줄무늬 고양이 한 마리가 앉아 있었다. 놀이터 영역의 주인인 듯했다.

잿빛 고양이는 어찌해야 할지 몰랐다. 꼬리를 숨기며 저자세를 취해야 할지 머리를 내밀고 몸을 부풀리며 공격 차비를 해야 할지.

그런데 이어서 들려온 울음소리가 뜻밖에도 부드러웠다. 니야옹! 노란 고양이는 반갑게 울며 머리를 아래로 하고 나무에서 내려오다 담장 바깥으로 뛰어내렸다.

—엄마!

노란 고양이가 놀이터까지 한달음에 달려왔다.

—아가.

왕초가 노란 고양이에게 다가갔다.

잿빛 고양이는 그제야 노란 고양이를 알아보았다. 왕초가 컨테이너 지붕에서 떨어뜨렸던, 바로 그 새끼 고양이였다.

이제 새끼티는 나지 않았다. 왕초보다 몸집은 작지만, 분위기만은 제 어미처럼 당당했다. 벌써 두 달 전부터 왕초 고양이의 새끼들은 왕초의 영역에서 보이지 않았는데, 그동안 노란 고양이도 이곳에 어엿한 자기 영역을 마련한 모양이었다.

왕초와 노란 고양이는 다정하게 얼굴을 비비며 인사했다. 그러다 노란 고양이가 꼬리를 바싹 세우고 한 발 물러나며 영역의 주인답게 물었다.

―그런데 엄마, 제 영역에는 어쩐 일이세요?

잿빛 고양이는 털이 쭈뼛 섰다. 그래. 왕초와 추격전을 벌이던 중이었지! 소스라치게 놀라 정신을 차리고 미끄럼틀을 돌아보았다. 하얀 고양이는 보이지 않았다. 그리고 엉뚱한 방향에서 어미 고양이의 목소리가 들려왔다.

―어서 가자!

어미는 어느새 놀이터 울타리 바깥으로 나가 있었다. 잿빛 고양이는 생각할 겨를도 없이 그대로 달렸다. 어미의 걸음을 따라잡는 건 쉬운 일이 아니었다. 기운을 다 써 버린 탓인지 아까보다 더 힘들었지만, 왕초의 발걸음 소리가 무섭게 뒤쫓아 왔다. 얼마나 따라잡힌 건지 돌아볼 엄두가 나지 않았다. 그저 어미의 뒷모습만 보고 죽을힘을 다해 뛰었다.

마침내 컨테이너에 이르렀다. 이제 길을 건너면 제 영역이었다.

그런데 어미 고양이는 둥지로 돌아가지 않았다. 컨테이너에서 왼쪽으로 길을 잡아 2차선 도로를 따라 계속 달렸다.

그렇다면 카페로 가려는 것이다. 지금쯤이면 카페도 문을 열었을 테니 그것도 괜찮은 생각이었다. 카페는 엄연히 잿빛 고양이네 영역이고 카페 주인 남자는 잿빛 고양이네에게 호의적이었다. 몇 번인가 떠돌이 개들을 쫓아 주기도 했다. 설사 왕초 고양이가 분을 참지 못하고 공격해 온다 해도 카페 주인 남자가 있었다. 잿빛 고양이는 다시 기운을 차리며 어미를 따라 카페로 달려갔다.

그런데 카페는 문이 닫혀 있었다. 주차장도 텅 비었다. 해는 하늘 가운데에 이르렀는데 아직도 주인 남자가 나오지 않은 것이다.

잿빛 고양이는 그만 바닥에 털썩 주저앉았다. 더는 한 발자국도 움직일 수 없었다. 하지만 잠시 엉덩이를 붙이고 앉을 짬도 없었다. 왕초 고양이가 카페 주차장으로 천천히 걸어 들어오고 있었다.

*

그 카페는 단층 주택을 개조한 것이었다. 마당을 개조한 주차장은 널찍한 데다 햇빛이 잘 들고 커다란 목련나무도 한 그루 있었다. 한낮을 보내기에 더없이 좋은 장소였다.

카페 주인 남자가 주는 먹이로 배를 채우고 나면, 잿빛 고양이와 하얀 고양이는 카페 통유리 창 앞 나무 데크에서 뒹굴거리곤 했다. 둘이 장난을 치거나 해바라기를 하다가 낮잠을 자기도 했다. 카페 손님들이 그 모습을 휴대 전화로 촬영할 때도 있었는데, 그럴 때면 하얀 고양이는 갸르릉거리며 애교를 부려 탄성을 자아냈다.

하지만 어미 고양이는 먹이를 먹고 나면 나무 데크 근처에 얼씬도 하지 않았다. 홀로 목련나무에 올라 가장 높은 가지에 앉아 있곤 했다.

설마? 잿빛 고양이는 얼른 목련나무를 올려다보았다. 오늘도 어미 고양이는 이미 가장 높은 가지에 올라 여유롭게 아래를 굽어보고 있었다.

크하항! 왕초 고양이가 사납게 울며 잿빛 고양이 쪽으로 풀쩍 뛰어들었다.

잿빛 고양이는 질겁을 하고 뒤로 물러났다. 그래도 어미 고양이는 나무에 앉아 미동도 하지 않고 아래를 굽어보기만 했다. 어떻게 이럴 수가 있지? 잿빛 고양이는 믿을 수가 없었다. 까치가 여행 가방 근처로 날아들기만 해도 거칠게 울며 경계하던 어미가 아닌가. 아니, 쥐 새끼 한 마리가 주차장으로 다가오기만 해도 단숨에 달려가 숨통을 끊어 놓던 어미였다.

그런데 지금, 왕초가 잿빛 고양이를 덮치려 하는데도 어미 고양이는 저 높은 곳에서 구경만 하고 있었다. 잿빛 고양이는 이제야 어미의 의도를 알아차렸다.

따지고 보면, 이 모든 건 어미 고양이로 인해 벌어진 일이었다. 컨테이너 위에 묵묵히 앉아 있던 왕초를 도발한 건 어미 고양이였다. 고의적으로 하얀 고양이를 왕초의 영역으로 내몰았고, 결국 더 먼 어딘가로 내쫓았다. 그러고도 둥지로 가지 않고 영역의 경계에 있는 이 카페로 와서 왕초 고양이를 자극한 셈이었다. 그래 놓고 혼자 안전한 곳으로 도망쳐 버렸다.

어미 고양이는 하얀 고양이만 쫓아내려는 게 아니었다. 잿빛 고양이는 온몸의 털이 날카롭게 곤두섰다. 엄마는 왕초를 이용해서 나까지 쫓아내려는 거야! 이야옹! 잿빛 고양이가 어미를 올려다보며 허공을 할퀴듯 날카롭게 울었다.

크하학! 왕초가 더 바싹 다가와 송곳니를 번득이며 하악거렸다. 이제 몇 걸음 남지 않았다. 왕초는 단 한 번의 공격으로 잿빛 고양이의 목덜미를 물어뜯을 수 있었다.

나무 위로 도망치는 수밖에 없었다. 하지만 잿빛 고양이는 나무를 제대로 타 본 적이 없었다. 몇 번인가 시도했지만 쉽지 않았고, 언젠가 꽤 높은 가지에서 떨어진 다음 포기하고 말았다. 겁이 나서이기도 했지만 그보다는 하얀 고양이가 위험하다며 극구 말려서였다.

그러나 지금은 선택의 여지가 없었다. 잿빛 고양이는 나무를 타고 오르기 시작했다. 이대로 호락호락 나가떨어지지는 않을 작정이었다. 왕초 고양이에게 당할 생각도, 어미 고양이에게 그런 꼴을 보일 생각도 없었다. 겨우내 바싹 마른 나무를 한 발 한 발 야무지게 발톱으로 내리찍었다.

시선은 멀리, 움직임은 빠르게. 추락했던 기억은 잊어.

제 안에서 알 수 없는 목소리가 들려왔다. 수없이 나무에 오르던 어미 고양이의 유연한 몸짓이 떠올랐다. 다행히 육중한 몸집의 왕초 고양이는 나무를 잘 타지 못할 것 같았다. 겁먹지 마. 아래를 보지 마. 잿빛 고양이는 제 안에 들려오는 소리에 집중하며 점점 높이 올랐다. 위로 올라갈수록 가지가 가늘어졌다. 한 발 내디딜 때마다 가지가 출렁거렸다.

그런데 이상한 일이었다. 그건 그리 불쾌한 느낌이 아니었다. 아찔한 공포이기도 하지만 짜릿한 희열이기도 했다. 수염 끝이 바르르 떨릴 만큼 강렬한 어떤 기운이 느껴졌다. 여전히 심장이 빠르게 뛰지만, 그건 불안이 아니라 흥분이었다.

아래를 내려다볼 수 있는 여유도 생겼다. 왕초 고양이는 나무의 3분의 2 정도 되는 높이에서 둥치를 꼭 끌어안고 매달려 있었다. 더는 올라올 수 없는 모양이었다. 어차피 왕초 고양이의 존재는 더 이상 중요하지 않았다.

이제 잿빛 고양이는 두려움 때문에 나무에 오르는 게 아니었다. 어미 고양이에 대한 오기 때문도 아니었다. 하늘을 유영하는 새처럼 텅 빈 마음으로 가볍게 나무를 오르고 있었다. 가장 높은 가지에서만 느낄 수 있는 그 무언가가 잿빛 고양이를 끌어당기고 있었다.

그렇게 드디어, 어미 고양이 바로 아래에 다다랐다. 이야옹! 잿빛 고양이가 어미를 향해 날카롭게 울부짖었다.

어미 고양이는 차분한 태도로 저 먼 어딘가를 바라보고 있었다.

—봐라.

잿빛 고양이가 저도 모르게 그 눈길을 좇았다. 세상이 한눈에 들어왔다.

지하철역이 있는 큰길가에는 거대한 유리 기둥 같은 주상 복합 건물이 세 동 있고, 그 뒤편으로 좁다란 골목을 따라 다세대 주택들이 다닥다닥 붙어 있었다. 골목 양옆으로 전신주들이 가시처럼 솟아올라 허공에 촘촘하게 거미줄을 쳤다. 싸구려 대리석으로 혹은 붉은 벽돌로 치장한 건물들의 회색빛 옥상은 하나같이 좁고 초라했다. 하늘 높은 곳에서 내려다보니 왕초 고양이마저 그저 한갓 고양이일 뿐이었다.

—이것이 고양이의 눈이다.

잿빛 고양이는 하염없이 펼쳐진 세상의 풍경에 그만 넋을 잃었다.

—주차장에서, 컨테이너 위에서, 식당 앞에서, 카페 문 앞에서……. 그건 그저 하루를 살아가는 일일 뿐, 고양이의 눈은 하늘 가까운 곳에 있다는 것을 잊어서는 안 돼.

고양이의 눈. 잿빛 고양이는 속으로 그 말을 되뇌었다. 이제껏 알고 있던 세상은, 거대한 세상의 한 귀퉁이도 되지 못했다. 어쩌면 지금 보고 있는 광경조차 세상의 아주 작은 조각인지도 몰랐다.

—세상에는 두 종류의 고양이가 있다. 고양이의 눈을 가진 고양이와 그렇지 못한 고양이가.

고양이의 눈을 갖지 못한 고양이는, 하얀 고양이를 뜻하는 거였다. 잿빛 고양이도 그쯤은 알 수 있었다.

하얀 고양이는 인간의 집에서 태어나 인간의 손에 자랐다. 그런데 열린 창문으로 밖에 나왔다가 그만 길을 잃고 말았다. 그런 하얀 고양이를 소녀가 발견해 제집으로 데려갔는데, 아버지의 반대로 집 안에서 키울 수는 없었다. 소녀는 그 대신 낡은 가방을 담장 아래에 가져다 놓았다. 그때부터 하얀 고양이는 그 여행 가방 안에서 소녀의 보살핌을 받으며 살게 되었다. 나무를 타지도, 사냥을 하지도 않는, 아주 예쁜 고양이로서.

—마지막으로 너에게 고양이의 눈을 주고 싶었다.

마지막으로? 잿빛 고양이는 한창 단꿈을 꾸다가 찬물을 뒤집어쓴 기분이었다. 고양이의 눈에 홀려 잠시 잊고 있었다. 그래. 엄마는 나를 쫓아내려는 거지. 이야옹! 잿빛 고양이는 앙칼지게 울고서 어미에게 따져 물었다.

—왜 그렇게 욕심을 내는 거죠?

어미 고양이가 담담하게 되물었다.

—욕심이라고? 무엇이?

—그냥 함께 살면 되잖아요. 기어이 이렇게 다 쫓아내야 하나요? 굳이 영역을 나누고 영역의 주인을 정하고, 꼭 그래야 하나요?

—물론이다. 꼭 그래야 한다. 그리고 이건 결코 욕심이 아니다. 왕초를 생각해 봐라. 왕초가 작정했다면, 우리는 진작 영역을 잃었을 거야. 하지만 왕초는 그러지 않았다. 제아무리 왕초라도 다른 영역을 침범하지 않아. 저마다 마땅한 영역을 가질 뿐, 그 이상을 탐하지 않는다. 그것이 고양이가 함께 사는 방식이야. 개처럼 서열을 짓거나, 인간처럼 끝없이 욕심을 부리지 않아. 우린 저마다의 영역에서 저마다 주인으로 산다. 그게 고양이다. 고양이가 사는 법이다.

그게 고양이다, 라고 말하는 어미의 말투는 엄숙하기까지 했다. 밤이면 어김없이 달이 뜨는 것처럼, 있는 그대로 받아들일 수밖에 없는 그 무엇 같았다.

그러나 잿빛 고양이는 두려웠다. 뼈만 앙상하게 남은 몰골로 남의 영역을 기웃거리다 쫓겨나는 고양이들. 어미에게 쫓겨나면 제 신세도 그렇게 될지 모를 일이었다.

—두렵니?

그렇다고 인정하기는 싫었다. 두렵기만 한 것도 아니었다. 제 영역에는 어쩐 일이세요? 왕초에게 당당히 묻던 노란 줄무늬 고양이의 빛나는 모습이 눈에 선했다.

잿빛 고양이는 하늘 저편으로 눈길을 던졌다. 세상은 생각보다 더 광활하고 황량해 보였다. 그 세상이 어떤 것인지, 자신의 운명은 무엇인지, 지금은 어느 것도 확신할 수 없었다.

다만 분명한 것은, 어느덧 봄이 다가오고 있다는 사실이었다. 가을에 태어났는데 입때껏 어미에게 기대어 살았다. 한 계절이 지나도록 새끼 노릇을 하는 고양이는 없는 법이다. 누가 일러 주지 않아도 잿빛 고양이 역시 짐작은 하고 있었다.

─아빠는 어떻게 될까요?

─글쎄다. 왕초의 눈을 피해서 돌아오려면 며칠 걸리겠지만, 어떻게든 오겠지. 다른 데서는 살 수 없을 테니까. 그래도 다만 며칠이라도 떠나 있게 만들려고 내쫓는 시늉을 했던 거야.

─그럼…….

아빠가 아니라 나만 내쫓는 건가요? 잿빛 고양이는 뒷말을 삼켰다.

어미 고양이가 이렇게 말을 이어 받았다.

─그럼 이제 나는 떠나야지.

잿빛 고양이가 놀라서 눈을 크게 떴다.

어미는 목을 아래로 숙여서 따스한 혀로 잿빛 고양이의 이마를 핥아 주었다. 그러고는 더 이상의 말이 없이 가벼운 몸짓으로 나무를 타고 먼저 내려갔다.

엄마, 혹시 지금 이대로 떠나는 건가요? 잿빛 고양이는 마음이 조급했지만, 어미를 따라잡을 수가 없었다. 아까는 흥분된 마음으로 정신없이 올라왔는데, 다시 내려가려니 바닥이 까마득했다. 나무를 꽉 잡고 있는데도 온몸이 달달 떨렸다.

어미 고양이는 어느새 바닥까지 내려가서는 카페 앞 나무 데크에 앉아 한가롭게 털 손질을 시작했다. 천천히 내려오렴. 어미는 그렇게 말하고 싶은 듯했다.

어차피 어미가 도와줄 수 있는 일이 아니었다. 누구든 마찬가지였다. 한 번에 한 걸음씩, 두려워도 조금씩, 그렇게 제 발로 내려가야 했다. 제 발로 달리고 오르고 내려가는 일. 어미 고양이는 바로 그런 하루를 선물하고 싶었던 것이다. 잿빛 고양이는 이제야 어미의 뜻을 알 것 같았다.

어느새 해가 기울고 있었다. 바람은 시치미를 떼듯 다시 겨울의 차가운 기운을 가득 품었다. 더는 머뭇거릴 수가 없었다. 더 늦기 전에 움직여야 했다.

*

고양이가 고양이에게 물었다. 엄밀하게 말해서, 이제 태어난 지 오 개월째로 접어든 잿빛 줄무늬 고양이가 제 어미인 검은 고양이에게 물은 것이다.

—정말 떠나는 건가요?

어미 고양이는 조금의 미련도 없어 보였다.

—그동안 여기서 잘 지냈다. 새끼 가진 암고양이를 내쫓는 법은

없다 해도 하얀 고양이 덕분에 편히 지낸 건 고마운 일이지. 다른 새끼들을 잃은 건 안타깝지만, 나의 도리를 다했으니 된 거다. 너라도 이렇게 무사히 커 주었으니 더욱 좋고. 그러니 이제 나는 떠나야지. 하얀 고양이가 제 발로 떠난다면 모를까, 내가 억지로 쫓아낼 생각은 없어. 나는 또 나의 길을 가야지.

—그렇지만…… 꼭 지금 당장 떠나야 하나요?

잿빛 고양이는 어미를 잡고 싶었다. 단 며칠만이라도, 아니 단 하루만이라도. 아직 준비가 되지 않았다. 어미 고양이에게 묻고 싶은 게 많았다.

하지만 어미 고양이는 사뭇 들뜬 얼굴로 여행 가방 바깥을 내다보았다.

—그래. 딱 좋을 때로구나.

눈이 내리고 있었다. 폭설까지는 아니지만, 제법 퍼부을 것 같았다. 여느 고양이라면 눈길만은 한사코 피하려 들겠지만, 어미 고양이는 신기하게도 눈을 좋아했다. 눈만 내리면 미낭 들떴다. 평소의 꼿꼿한 태도는 온데간데없이 강아지처럼 눈밭에서 뛰놀았다.

하얀 고양이도 다른 의미에서 눈을 좋아했다. 추위에 달달 떨면서도 구태여 여행 가방 틈새로 바깥을 내다보며 눈을 구경했다. 그러면서 아련한 눈빛으로 이렇게 중얼거리곤 했다. 따뜻한 방 안에서 눈 내리는 풍경을 바라보며 나른하게 잠들고 싶다고.

잿빛 고양이는 어미도 하얀 고양이도 이해할 수 없었다. 그저 일

년 내내 가을이면 좋겠다고 바랄 뿐이었다. 봄이니 여름이니 하는 것도 있다지만 말로만 들어서는 실감 나지 않았다. 아무튼, 눈 따위 평생 보지 않아도 좋으니 그저 춥지 않기만을 바랐다.

그러나 어미 고양이는 기어이 눈 내리는 새벽으로 걸어 나갔다. 잿빛 고양이도 어깨를 잔뜩 움츠린 채 어미를 따라나섰다. 어미 고양이와 함께하는 마지막 순간이었다.

—난 아직 어떻게 해야 할지 잘 모르겠어요. 아빠 곁에 남을지, 혼자 떠날지…….

어미가 걸음을 멈추고 잿빛 고양이를 돌아보았다.

—난 어쩌면 좋지요?

떠나려면 두렵고, 남으려면 아쉬웠다. 차라리 어미가 무어라고 일러 주기라도 하면 좋을 것 같았다. 어미는 코끝으로 잿빛 고양이의 뺨을 톡 치고서 말했다.

—하얀 고양이가 돌아오려면 며칠 걸릴 테니, 그동안 충분히 생각하고 결정하도록 해. 난 다만 떠나기 전에 너에게 고양이의 눈을 알려 주고 싶었을 뿐이야. 그것으로 내가 줄 수 있는 모든 것을 다 준 거다. 결정은 네가 해야지. 그러나 어떤 선택을 하든 잊지 마라. 넌, 고양이다.

어미는 잿빛 고양이의 뺨에 오래도록 얼굴을 비볐다. 두 고양이의 어깨 위로 눈송이가 사락사락 내렸다.

지금 이 순간, 잿빛 고양이와 어미는 그 어느 때보다 닮아 보였다. 아비를 닮은 잿빛 고양이는 어미와는 털빛이 전혀 다르다. 그러나 눈에 보이지 않는, 그럼에도 분명 느낄 수 있는 뭔가가 있었다. 이야옹— 잿빛 고양이는 가을의 어느 날처럼 여린 울음을 울었다.

　—안녕.

어미 고양이는 하얀 새벽길로 멀어져 갔다. 눈 쌓인 골목에 어미 고양이의 발자국만 자박자박 남았다.

시나브로 눈송이가 발자국을 지우고 다시 아무도 걷지 않은 길이 펼쳐졌다. 그 하얀 길이 서서히 밝아지고 있었다. 어슴푸레한 새벽빛이 드리우기 시작했다.

고양이의 날.

잿빛 고양이는 어제를 그렇게 불렀다. 그 신비로운 하루가 지나고 이제 새로운 날이었다.

전 성 태

졸업

"반장, 노끈 한 줄 더 줄래?"

히말라야시더 뒤에서 누군가 말했다. 목소리는 나무줄기에 이
엉을 두르고 손을 뻗었다. 반장과 내가 작업을 교대한 사실을 모르
는 것 같다. 나는 장난기가 동해서 아무 말 않고 노끈을 한 발쯤 낫
으로 끊어 한쪽 끝을 줄기 뒤로 넘겨주었다. 그는 노끈을 힘껏 당
겨서 이엉을 고정했다.

농업 시간이 늘 그렇듯 오늘도 3학년 남학생들은 야외 수업이라
는 명목으로 작업에 동원되었고, 우리가 '나무 팬티 입히기'라고
부르는 교목 월동 준비를 했다. 우리 작업조는 화단에 배치되어 세
그루의 파초와 히말라야시더 한 그루에 짚을 감아야 했는데 파초

두 그루에 작업을 마친 뒤 2학년 교실 앞에 와 있었다.

6교시가 시작되어 조용해진 교정에 들판에서 들려오는 탈곡기 소리가 아련했다. 운동장 가로 3학년 두 개 학급 남학생들이 흩어져 있었다. 아이들은 운동장 울타리에 심은 백양목에 해충 월동처를 설치하는 일을 끝내고 이제는 교정 서편 배구 코트 쪽으로 이동해 있었다. 줄기 하단에 짚을 감은 어린 백양목들은 정말 팬티 차림을 하고 선 소년들처럼 보였다. 진입로 화단 정비 작업을 맡은 조도 시든 화초들을 손수레에 실어 퇴비장으로 나른다. 퇴비장은 학교 진입로와 잇닿은 솔숲에 있고, 솔숲에는 며칠 새 농부들이 쌓아 놓은 짚가리가 봉긋봉긋했다. 남학생들은 청소 시간 같은 때 그 짚가리에 숨어 짤짤이를 했다.

"편지를 썼어."

히말라야시더 뒤편에서 여전히 어깨만 드러낸 채 목소리가 말했다. 아직 변성기를 못 벗어난 목소리였다. 무슨 연애편지에 대한 고백인가 싶어 솔깃했다. 이내 나는 주머니에 손을 넣어 접힌 쪽지를 만져 보고는 얼굴이 붉어졌다.

"스무 살이 될 나한테 편지를 썼어. 우리가 스무 살이 되면 그 타임캡슐을 개봉한다고 했거든."

걔의 이야기는 예상과 달리 생뚱맞았다. 아마 반장과 나누던 이야기가 있었는데, 그걸 마저 잊고 있는 눈치였다.

"왜 그럴 때 있잖아? 지금 기분을 뒷날 기억하지 못하게 되면 억

울할 것 같아 조바심이 날 때. 어떤 사건이나 일은 기억나는데 그
때의 심정이나 기분이 사라진다면…… 그 추억은 어떨까?"

누굴까? 몸이 기운다. 나는 나무 뒤편으로 고개를 디밀다가 접
었다. 이야기를 마저 듣고 싶었다.

"근데 난 편지를 넣지 못했어. 꺼내 보지도 못할 편지를 넣는다
는 게 우습잖아. 작년 가을에 어느 신문사가 남산에 묻은 타임캡슐
있지? 그건 오백 년 뒤에 개봉한다잖아. 근데 우리가 준비한 타임
캡슐은 그저 무덤일 뿐이었어."

나는 낫을 내려뜨린 채 라디오를 듣듯 목소리에 귀를 기울였다.
11월 화단은 바삭거렸다. 무슨 얘기인지 가늠할 수 없었지만 오백
년을 묻혀 있을 타임캡슐을 생각하니 별을 향한 마음처럼 아득하
고 쓸쓸했다.

"차라리 일기를 쓰는 게 낫지 않겠어? 물속에 잠겨서 꺼내지도
못할 걸 남겨서 뭐하겠냐고. 선생님들이야 학교를 잃는 학생들을
위로하느라 그런 걸 생각해 냈겠지만. 아무튼 마지막 수업을 마치
고 전교생이 학교 운동장에 타임캡슐을 묻었어."

목소리가 잠시 쉬었다가 다시 이어졌다.

"지금쯤 운동장에는 수초가 자라 있겠지. 교실 창문으로 물고기
들이 드나들고 있을 거야. 까치집이 있던 플라타너스가 이제 버들
붕어를 키울지 누가 알겠어."

지난달에 댐 수몰지에서 아이들이 대거 전학을 왔고, 목소리는

그 아이들 중 하나로 짐작되었다. 떠오르는 얼굴이 있었다. 이윽고 나무 뒤편에서 목소리가 걸어 나왔다. 짐작대로 그 아이다.

"어? 반장 아니네."

장희라고 했던가. 녀석은 당황해서 주위를 두리번거렸다. 나는 변명조로 말했다.

"방금 선생님이 찾아서 교무실에 갔어."

잠시 우리는 서로를 어색하게 마주 보았다. 나는 그와 얘기를 나누어 본 적이 없었다.

뒤미처 여자애도 타임캡슐에 뭔가를 넣었겠구나, 하는 생각이 들었다. 가슴 한쪽이 아릿하다. 손이 다시 주머니 쪽으로 갔다. 언젠가 우리가 사귀게 된다면 여자애한테 타임캡슐에 무엇을 넣었는지 물어볼 것이다. 나는 상상한다. 스무 살 청년이 되어 그 여자애와 어느 강둑에 나란히 앉아 수몰지를 바라본다. 이제부터는 모든 추억을 함께 만들어 갈 것이다. 나는 여자애가 앉아 있을 3학년 교실 쪽을 바라보았고 마음이 조급해졌다. 쪽지를 전할 수 있을까?

장희와 나는 반장이 작업하다가 남겨 둔, 마지막 파초 쪽으로 걸어갔다. 칠십 센티미터 높이에서 줄기를 뭉툭하게 쳐 낸 파초는 짚으로 싸매져 있다. 우리는 노끈으로 이엉을 촘촘하게 묶고 삐져나온 지푸라기를 낫으로 정리했다. 그 일들을 우리는 말없이 해낸다. 어질러진 지푸라기를 긁어서 화단 밖으로 내놓고, 우리는 나란히 서서 우리가 만든 작품을 바라보았다. 짚으로 싸맨 파초는 마치 집스를 해서 매달아 놓은 다리 같다. 장희가 말했다.

"우리 학교에서는 바나나 나무라고 불렀어."

나는 설핏 웃었다. 파초와 바나나 나무 얘기는 어디에나 있는 소리인가 보다. 여름 방학 끝나고 개학하면 노란 꽃들이 지고, 손가락 굵기의 초록 열매들이 맺혔다. 그 열매가 노랗게 익으면 학생들은 바나나가 아닌 줄 번히 알면서도 지범거렸다. 해마다 교장 선생님은 파초 열매를 지키느라 발을 동동 굴렀다. 나는 전학생 장희에게 교장 선생님의 얘기를 들려준다.

"올가을에도 교장 선생님이 조회대에서 시를 낭독하셨어."

나는 코미디언처럼 중년 여자의 목소리를 흉내 내 시 한 구절을 읊는다.

"조국을 언제 떠났노, 파초의 꿈은 가련하다. 남국을 향한 불타는 향수, 너의 넋은 수녀보다도 더욱 외롭구나. ……나는 즐겨 너를 위해 종이 되리니, 너의 그 드리운 치맛자락으로 우리의 겨울을 가리우자."

장희가 피식 웃었다. 김동명의 「파초」는 교과서에 나오는 시이므로 줄줄 외운다고 이상할 건 없지만, '오버쟁이' 교장 선생님이 조회대에서 그 시를 암송하면 손발이 오그라든다. 그러나 나는 이 시를 여자애에게 줄 편지에 썼다.

"그래도 파초는 우리에게 언제나 바나나 나무야."

나는 얼굴이 후끈해서 몸을 돌렸다.

우리는 교사(校舍) 창 밑 화단에 쪼그려 앉았다. 반장을 기다렸다가 검사를 맡아야 한다. 가을볕이 쏟아지는 운동장은 설원처럼 눈부시다. 나는 낫으로 마른 국화 대를 치며 중얼거렸다.

"공이나 한번 찼으면 좋겠다."

축구공은 교실 사물함에 있었다. 교실에서는 여학생들이 가사 수업을 받고 있다. 작년부터 남녀 합반을 운영했지만 실업 시간에는 두 학급이 남녀로 나뉘어서 수업을 받는다. 여학생들은 조리 실습을 하며 만든 토스트나 샌드위치를 수줍어하며 내놓고는 하였다. 도시 중학생들은 공업이나 상업을 배운다는데 우리는 농업을 배웠다. 선생님들이나 학생들이나 애초부터 농업 수업에 열의가 없었다. 아예 학교 정비 노역이 돼 버린 수업도 수업이지만 고향에 남아 농부가 된 제 모습을 상상할 아이는 없었다. 농업 교과서는 비 오는 날에나 가끔 펼쳤다. 돼지 품종을 배우고 나서는 여자애들을 두고 요크셔, 버크셔, 햄프셔, 두록저지 하며 품평을 하고는 킥킥거렸다. 닭이 조는 증세를 보이다가 죽는다는 뉴캐슬병을 배우고는 수업 시간에 조는 아이를 놀리는 데 써먹었다.

오늘 여학생들은 취업 나가는 친구들을 위해 송별식을 갖는다고 했다. 오후에 부산 쪽 공단에서 보낸 버스가 온다. 열세 명의 여학생이 신발 공장과 전자 회사로 취업을 나가기로 되어 있다. 여자애도 그 버스에 탄다. 옷 가방을 챙겨서 등교한 여자애는 아침부터 책상에 엎드려 울기만 했다. 걔는 공장에 딸린 고등학교에서 밤이면 공부하게 될 것이다. 걔가 인근 도시의 고등학교로 진학하지 않고 아주 멀리 떠나서 아쉽다. 그렇지만 나는 걱정하지 않는다. 나는 걔에게 전달할 연서를 갖고 있다. 그 애가 편지를 받으면 처음에는 주저할지 모른다. 드라마처럼 각자 가는 길이 달라졌다고 밀어 낼 수도 있다. 하지만 나는 여자아이를 설득할 자신이 있다. 나는 그녀의 구원자가 될 것이다. 장차 좋은 직장을 잡을 것이고, 더 많이 배려할 것이고, 그리고 더 사랑해 줄 것이다. 이곳이 아닌 낯선 도시에서 우리는 훨씬 자유롭게 사랑할 수 있을 것이다.

장희는 뒷주머니에서 영어 단어장 같은 수첩을 꺼내 들여다보고 있었다. 장희가 여자애와 같은 고향에서 왔다는 사실만으로 한결 친근하게 여겨졌다. 그 애가 학교장 추천을 받아 구미에 있는 공고에 합격했다는 얘기를 들었다. 실업계 고등학교로 진학하는 남학생들은 이미 예비 소집까지 다녀온 뒤였다.

"너희 학교는 어떻디?"

그는 수첩에다가 고개를 박고 심드렁하게 대답했다.

"공장이 많더라. 공업 도시니까."

"전액 국비라지? 취업도 잘되고?"

"그래 봤자 공돌이지. 넌 학교 정했어?"

"아직 몰라."

부모님은 장학금을 받을 수 있는 읍내 학교에 진학했으면 하는 눈치다. 열일곱 살이 되어서도 이 지방에 남겨진다는 건 정말 똥통에 빠지는 기분일 것이다. 이곳에 남아 여자애와 사귄다는 건 상상도 되지 않는다. 생각도 하고 싶지 않다.

장희의 수첩 쪽으로 무심히 몸이 기운다. 장희는 날래게 수첩을 접었다. 어찌나 단호한지 나는 무르춤하였다.

"자식, 무슨 연애편지냐?"

장희도 무안해서 미안한 표정을 짓는다.

"일기장이야."

"일기?"

중학생이 돼서도 일기를 쓰는 애가 있다는 것도 뜻밖이지만, 일기장을 아예 끼고 다니는 녀석은 더 신기해 보인다. 얘는 왠지 여자애 같다. 전학 온 날부터 조금씩 받아 온 인상일 텐데 이제 막 그 느낌의 정체를 깨달은 기분이 들었다.

나는 물끄러미 장희를 바라보았다. 목덜미에 솜털이 많다. 섬세하고 다감하다고 할까. 이런 캐릭터는 우리 동급생들 분위기에서 자칫 놀림감이 되기 십상이다. 열여섯 살 우리는 남자들의 세계, 사나이들의 세계에 대한 열렬한 지지자들이었다. 우리는 남자 되기에 몰입해 있다. 우리는 가슴을 위태롭게 부풀리고 있다. 세고 거칠고 정의롭게 보이려고 젠체한다. 여학생들을 울리는 일을 자랑으로 삼기도 하고, 여학생들이 주로 이용하는 학교 앞 문방구 하나에는 드나들지도 않는다. 그 가게에 출입한 남학생이 눈에 띄면 놀림감이 된다.

그러나 나는 여자애를 좋아하게 되면서 남자애들이 얼마나 유치한지 깨달았다. 남자애들은 사실 여자애들한테 온통 정신이 쏠려 있다. 철저히 감추고 있을 뿐이다. 나 역시 이 비밀을 깨고 싶지 않다. 내가 전학생 여자애를 좋아한다는 사실이 알려지면 아마 자위행위를 하다 들킨 것처럼 부끄러울 것이다.

나는 동급생들의 분위기를 장희에게 알려 줘야 할지 고민스럽다. 그가 다시 입을 뗐다.

"나는 아침에 일기를 써. 밤에 쓰는 일기는 하루 동안 저지른 잘못을 고백하라고 강요당하는 반성문 같잖아. 반성은 지긋지긋하지. 이젠 누구한테 보일 일도 없고 쓰라고 강요받지도 않으니까 일기장을 가지고 다니며 아무 때나 써. 특히 아침에 쓰는 일기는 아주 특별하지. 난 문장 하나를 쓰고 등교해. 너도 해 봐."

"뭐가 그렇게 좋은데?"

나는 힐난하듯이 물었는데 역시 그는 둔감한 애처럼 진지했다. 아니면 그는 이미 이 학교의 분위기를 간파했고, 이제는 관심조차 없는지 모른다. 이 아이한테 모교는 멀리 물속에 있고 이곳은 고향도 아무 곳도 아니다. 나는 애 인생에서 기억도 되지 않을 것이다.

"글쎄…… 색안경을 하나 골라 쓰고 나온 기분이야. 그 문장으로 하루를 보고 느끼며 사는 듯해서 좋아."

점점 아리송했다. 나는 어떤 반응을 전해야 할지, 이 화제로 얘기를 계속해야 할지 그만둬야 할지 난감했다.

"오늘 아침에 쓴 문장이야."

그는 선심 쓰듯 수첩을 내밀었다.

'열여섯이면 집을 떠날 만하다.'

나는 문장을 두어 번 눈으로 훑어보고 눈을 뗐다. 그가 뭔가 반응을 기대하는 눈치였으나 문장은 기대보다 평범하고 아무 감흥이 없었다. 열여섯이면 이곳 아이들이 집을 떠나는 건 당연하다. 우리는 곧 중학교를 졸업할 것이고, 이 지방 아이들에게 졸업은 고향을 떠나는 걸 의미한다. 진학하든 취업하든 우리는 둥지를 떠나는 어린 새들처럼 부모 곁을 떠나 도시로 간다. 그 사실을 모르는 사람은 아무도 없다. 그 시간이 시나브로 다가오며 마음에 어떤 동요가 이는 건 사실이다. 그러나 그 마음이 두려움인지 기대감인지 가늠이 되지는 않을뿐더러 깊이 생각해 본 적도 없다. 다만 독립, 결별, 이런 느낌으로 마음이 잔잔히 출렁인다.

장희는 그을린 낯을 들고 늦가을 하늘과 숲과 들판을 찬찬히 바라보고 있다. 몽상에 빠진 아이 특유의 행복감이 표정에 비친다. 수몰지에다가 고향을 두어서 그는 그런 문장을 아껴서 썼는지도 모른다. 나는 다시 여자애가 떠올랐고, 이 아이들이 안쓰러워졌다.

"본의 아니게 엿들어서 미안한데 타임캡슐에 넣으려고 썼다는 그 편지 말이야, 어떤 내용이었어?"

"다시 편지를 써야 한다면 열여섯이면 집을 떠날 만하다, 라고 시작했을 거야."

그는 뒤늦게 해답을 찾은 아이처럼 후회와 열망이 뒤섞인 얼굴로 말했다. 어쨌든 나는 그가 이미 고향을 떠난 아이이며, 오랫동안 어떤 문제에 대해 스스로 납득하려고 안간힘을 쓰고 있다는 사실만은 느낄 수 있었다.

"중세의 수도사가 이런 얘기를 남겼어. 고향을 감미롭게 생각하는 사람은 나약하다, 모든 곳을 고향이라고 느끼는 사람은 강하다, 그러나 전 세계를 타향으로 여기는 사람은 완벽하다. 대충 옮기자면 그래."

나는 그 말이 왠지 썩 마음에 닿아서 다시 들려 달라고 했다. 장희는 위그 드 생빅토르라는 수도사의 말을 되풀이해서 읊어 주었다. 나는 왠지 떠나는 자의 열망으로 맥박이 뛰는 걸 느낀다. 반면 장희는 어떤 벽을 만난 아이처럼 곤혹스러운 표정으로 제 입에서 흘러나온 문장을 응시하는 것처럼 보였다. 나는 어렴풋이 수도사의 말과 장희가 아침에 일기장에 적었다는 문장이 연결되어 있다는 사실을 깨달았다. 그리고 이내 장희가 나와는 반대로 고향에 매여 고통스러워하고 있다는 걸 알 수 있었다. '열여섯이면 집을 떠날 만하다.'라는 말은 스스로에게 거는 주문이 아닐까.

"물에 잠기기 전에 나는 며칠 동안 미친 아이처럼 마을과 학교 구석구석을 돌아다녔어. 마치 여자 친구를 처음 좋아하게 되었을 때처럼 벅차고 슬펐어. 그 애가 학교로 다니는 길을 혼자 걸어 보면서 울기도 했어."

나는 그가 들려주는 이야기에 충분히 공감했다. 나는 쪽지를 쓰기까지 한 달 동안 이 세상에서 가장 행복했고 가장 외로운 사람이었다. 그 낯선 마음이 두렵기만 했다. 나도 모르게 나는 장희에게 모든 것을 털어놓고 싶었다. 장희가 고개를 들어 말을 이었다.

"나는 언젠가 십 대와 결별할 거고, 고향을 떠날 거라고 생각해 왔지만 그곳이 돌아갈 수 없는 곳인 줄은 몰랐어. 돌아갈 수 없는 고향을 갖는다는 게 크나큰 상실이란 걸 미처 몰랐어. 그리고 서둘러 마음을 접었지."

나는 문득 저 애와 함께 자랐을 여자애를 마음속 깊이 안아 주고 싶었다. 여자애에게 쪽지를 전할지 말지 갈등하고 있었는데 쪽지를 전하기로 나는 마음을 먹었다.

어느 결인지 창 너머에서 수업을 하는 소리가 우리에게 들려왔다. 등 너머 2학년 교실에서는 국어 수업이 한창이었다. 여학생 하나가 선생님의 지목을 받고 교과서를 읽었다.

"마리아 스쿼도프스카! 네!"

나는 쭝긋해서 앉은걸음으로 한 발 나섰다. 장희도 수첩을 접고 고개를 틀었다. 책 읽는 소리가 또렷하다고는 할 수 없지만, 나는 『퀴리 부인』의 유년기를 읽는 그 교실에 앉은 양 느껴졌다. 엿듣는 걸 들킬까 봐 조심하면서 나는 여자애가 읽어 가는 단원에 귀를 기울였다. 이야기는 절정으로 치달았다. 한 해 전 이맘때 우리들이 그랬던 것처럼 2학년 후배들도 세상에서 가장 길고 낯선, 그래서 기이하고 우스꽝스러운 이름을 만날 것이다.

"스타니스와프 아우구스트에 대해 말해 보아라."

여자애는 러시아 장학사 앞에 선 폴란드 소녀처럼 긴장한 목소리로 다음 대목을 읽어 나갔다. 여자애는 혀에 잘 감기지 않는 외국어에 긴장하고 있는 듯했다. 긴장되기는 나도 마찬가지다. 일 년 전 그 단원을 배우던 열기가 내 몸에서 고스란히 되살아났다.

"스타니스와프 아우구스트 포니아토프스키는……" 하고 여자애가 말했을 때 나는 마침내 그 구절을 따라 읊조렸다. 나뿐이 아니다. 장희도 이 미묘한 열기에 휩싸여 나를 똑바로 쳐다보며 그 대목을 외워 나갔다.

"스타니스와프 아우구스트 포니아토프스키는 1764년 폴란드의 국왕으로 뽑혔습니다. 그는 총명하고 훌륭한 왕이었습니다. 그러나 불행히도 용기가 없는 분이었습니다……."

나와 장희는 누가 먼저랄 것도 없이 손을 들어 하이파이브를 했다.

여자애 목소리가 멈췄다. 잠시 적막감이 감돌았다. 이제 나는 교실의 분위기가 한층 궁금해졌다. 정적 속에서 억눌린 웃음소리가 간헐적으로 흘러나왔다. 교실에 어떤 동요가 이는 걸 나는 느낄 수 있었다. 이내 교실에서 웃음이 쏟아졌다. 나는 반사적으로 몸을 낮추고 숨을 죽였다. 덩달아 뒤편에 비켜 앉은 장희도 어깨를 움츠렸다. 나뭇가지 같은 데에다가 이마를 긁혔다. 잎이 시든 국화 대가 코앞에서 흔들거리고 있다. 이 상황을 모두 내가 연출하기라도 한 듯 얼굴이 달아올랐다.

"자, 조용!"

여선생이 회초리로 교탁 두드리는 소리가 났다. 그러나 웃음소리는 좀처럼 가라앉지 않았다. 그녀는 자신이 습관처럼 교탁을 두드렸다는 사실을 깨달았을 것이고, 객석 분위기에 휘말린 배우처럼 자신 역시 슬그머니 웃고 말았을까. 여기저기서 폴란드 국왕의 이름을 혀로 굴려 보는 소리가 들렸다. 아이들은 이제 서로 확인하듯이, 전염시키듯이 키득거린다.

차르 정권 치하에 든 폴란드 교실의 숨 막히는 마지막 모국어 수업을 그리고 있지만, 이국의 왕 이름은 설명하기 힘든 열기로 순식간에 이 시골 학생들의 입에 달라붙은 것이다. 일 년 전 우리는 누가 틀리지 않고 잘 외는지 내기까지 했다. 훗날 동창회 같은 자리에서 다시 만난다면 아마 누군가는 어제 배운 영어 단어처럼 폴란드 왕의 이름을 욀지도 모른다. 그때도 열다섯 때처럼 뻥 터질까. 이제 새로운 유행어의 세계에 막 입문한 후배들을 바라보며 문득 폴란드 소녀의 마지막 수업처럼 내 중학생 시절이 끝난 느낌이 들었다.

우리를 휩싼 열기가 점차 사그라졌다. 교실에서는 수업이 다시 시작되었다.

"반장이 늦네."

교무실 쪽 현관을 바라보며 나는 중얼거렸다. 그렇지만 무료하지 않았다. 좀 더 친근해진 말동무가 곁에 있었다. 장희에게 편지 심부름을 시켜도 되지 않을까, 하는 기대감이 차올랐다.

"넌 아버지를 언제 넘어선 것 같아?"

장희가 불쑥 물었다. 무슨 말인가? 눈이 휘둥그레져서 그를 바라보았다.

"이번에 이사 올 때 아버지가 트럭에 오르려고 하시지 않았어. 평소 술을 좋아하시기는 했지만 며칠 동안 억병으로 취해서 이삿짐 트럭이 출발하려고 할 때는 마당에 널브러져 계셨지. 어머니와 함께 간신히 부축해 트럭에 모셨어. 차에 올라서 어찌나 발버둥을 치시는지 난 아버지 팔을 붙들었어. 누르는 손에 점점 힘이 들어가는데 나도 모르게 거칠어지는 거야. 정신을 차려 보니까 아버지가 나를 빤히 쳐다보고 계셨어. 그 허한 눈빛이라니. 나는 마치 살인자처럼 황망히 손을 뗐어. 나 자신이 그렇게 두려울 수가 없었어. 아버지가 그렇게 약해지신 줄 몰랐어. 아니, 내가 그렇게 강해진 줄 몰랐다고 해야 할까. 나는 이제 아버지를 추월하여 살게 된 거야. 그게 왜 그렇게 쓸쓸했는지 몰라."

장희는 제 내면을 잘 표현할 줄 아는 능력을 갖고 있었다. 그처럼 표현을 못 할 뿐이지 나도 그런 마음의 경험을 충분히 해 왔다. 나는 이미 머리가 굵고 몸집도 커져서 마냥 아버지에게 보호받는 대상이라고 생각지 않는다. 중졸인 아버지는 내 과제를 봐줄 수 없다. 오히려 내가 아버지를 보호하는 입장이 되었다는 생각이 들 때도 있다. 아버지는 생각보다 약하고 허술하고 때로 좀스러운 어른이다. 아버지와 그런 관계에 놓이고 말았고, 그게 속상하다고 해서 어쩌란 말이냐. 왠지 나는 치부를 들킨 것처럼 장희에게 반감이 들었다. 어른 흉내 그만 내시지, 하는 소리가 목까지 차올랐지만 나는 참았다.

교문 앞에 버스 한 대가 멈춰 서는 게 보였다. 진입로에서 작업하던 남학생들이 교문을 활짝 열었다. 버스는 운동장으로 올라와 조회대 앞에 섰다. 나는 엉덩이를 털고 일어났다. 버스에는 다른 중학교에서 탄 여학생들이 앉아서 밖을 내다보고 있었다. 나는 이 상황이 갑자기 닥친 느낌이 들어 어쩔 줄 몰랐다.

교내 스피커가 치직거리며 켜졌다. 취업생 환송식을 갖겠으니 전교생은 지금 운동장으로 집합하라는 방송이었다.

반장이 나타나 장희를 찾았다.

"교실로 가 봐. 선생님이 찾으셔."

장희가 돌아섰다. 나는 장희를 몇 걸음 쫓아가 불러 세웠다.

나는 여자애 이름을 꺼내 놓고,

"너랑 잘 아는 사이지?"

하고 부끄럽게 물었다. 장희가 조금은 놀란 표정을 지었다.

"좀 전해 줘라."

나는 쪽지를 내밀었다. 그리고 변명처럼 덧붙였다.

"걔가 오늘 부산으로 떠나잖아."

나는 장희가 내 절박한 심정을 충분히 이해하리라 믿었다. 그는 우리 앞에 놓인 짧은 시간들에 대해서 줄곧 이야기했다. 그러나 나는 아직 여자애 앞에 나설 용기가 없었다. 눈앞에서 거절당할까 두려웠다. 아까부터 생각한 것이지만 나는 여자애가 버스에 앉아 타임캡슐에서 꺼낸 편지처럼 내 쪽지를 읽어 주었으면 했다.

그러나 장희는 멍한 표정으로 고개를 저었다. 그는 왠지 충격을 받은 아이처럼 보였다.

"네가 직접 전해 주지그래."

그가 되돌려 주는 쪽지를 나는 다시 밀었다.

"네가 전해 주면 고맙겠어."

"걔는 안 가. 가지 않을 거야."

"무슨 소리야? 걔가 아침부터 책상에 엎드려 우는 걸 보고도 그래?"

장희는 가타부타 말이 없었다. 그는 쪽지를 손아귀에 움켜쥐고는 돌아섰다. 그는 교실 쪽으로 성큼성큼 걸어서 멀어져 갔다. 나는 소리쳤다.

"미안해. 부탁이야."

학생들이 교실에서 쏟아져 나왔다. 그들은 진입로를 따라 교문까지 두 줄로 늘어섰다. 나는 대열 틈으로 끼어들어 반장 곁에 섰다. 여학생들이 선생님들의 배웅을 받으며 버스로 오르는 모습이 보였다. 여자애는 보이지 않았다. 나는 까치발로 서서 여자애를 찾아보았다.

나는 멀리 현관으로 나서는 여자애를 발견했다. 그녀는 쪼그려 앉아 운동화를 신었다. 그 옆에 장희가 여자애의 큼지막한 여행용 가방과 제 가방을 든 채 서 있었다.

나는 반장을 쳐다보았다.

"많이 아픈가 봐. 장희가 집에 바래다주기로 했어."

"그럼 못 가는 거야?"

"글쎄, 맹장염 같던걸."

여자애는 아랫배를 응등그려 잡고 간신히 진입로 쪽으로 걸어왔다. 장희가 앞서서 기다려 주며 동행하고 있었다. 그는 결코 손을 뻗어 여자애를 부축하지는 않았지만 그보다 더 보호하고 있다는 느낌을 주었다. 공주를 사랑하는 호위 무사처럼 보였다.

버스가 운동장을 돌아 진입로로 다가왔다. 버스가 지날 때 여자애는 걸음을 멈추고 몸을 돌려 외면했다. 버스가 다 지나자 장희는 여자애에게 고개를 끄덕였다. 여자애는 그러는 장희를 한참 동안 바라보고 나서 다시 걸음을 떼었다. 나는 이 풍경의 이면에 다른 진실이 있다는 사실을 직감했다. 서툴지만 두 아이는 어디인가로부터 비밀리에 탈출하는 연인들처럼 움직이고 있었다. 그들은 나로부터도 떠나고 있었다. 별안간 남겨진 사람처럼 나는 당혹스러웠다.

나는 버스를 향해 건성으로 손을 흔들었다.

두 아이가 다가왔다. 장희가 힐끗 나를 쳐다보았다. 나는 고개를 숙여 버렸다.

이윽고 나는 고개를 들었다. 교문이 닫히고 학생들이 다 흩어졌지만 나는 그 자리에 서서 두 아이가 학교 밖으로 멀어져 가는 모습을 우두커니 지켜보았다. 여자애는 이제 허리를 세우고 걸었다. 장희가 쫓는 걸음새로 여자애에게 말을 건네고 있었다. 여자애는 뒷모습이 지쳐 보였다. 그녀는 고개 한 번 돌리지 않고 죽 걸어갔다.

왠지 나는 자신에게 배신당한 느낌을 떨칠 수 없었다. 내 쪽지가 우습게 된 걸 깨달았다. 다만 장희가 내 쪽지를 함부로 처리할 아이는 아니어서 안심이 되었다. 나는 땅바닥을 향해 마른침을 뱉었다.

"좋아, 열여섯이면 떠날 만하다."

최나미

덩어리

새벽 단잠을 깨운 건 찬옥이가 보낸 문자 메시지 알림 소리였다.

'학교 카페 게시판에 들어가 봐. 확인하고 일찍 등교 바람.'

무시하고 그냥 잘까 하다가 이 새벽에 문자 메시지를 보낸 사람이 찬옥이라는 생각이 들자 더는 누워 있을 수가 없었다. 컴퓨터를 켜고 안경을 찾아 썼다.

'학교 당국에 고함. 1학년 7반에서는 지각비를 운용해서 그 반 학생들끼리 돈놀이를 하고 있습니다. 돈이 필요한 아이들에게 지각비를 빌려 주고 이자를 받는 등 학생 신분으로 어울리지 않는 일들을 하고 있으니, 이 사태에 대해 학교 차원의 조사를 바라며 관련 학생들을 신속하게 처벌해 주시기 바랍니다.'

날벼락도 이런 날벼락이 없다. 누군가 새벽 2시쯤에 글을 올렸고, 그 새벽에 사람들은 잠 안 자고 뭐 하는지, 예사롭지 않은 댓글을 주렁주렁 달아 놓았다.

'머리에 피도 안 마른 것들이 벌써부터 사채놀이라니, 말세다!'

'학교에서 뭘 배웠기에 겨우 중 1짜리들이⋯⋯. 어른이 돼서 그런 생각 못 하게 이번 기회에 단단히 버릇을 고쳐 줘야 함.'

'학생들이 뭐가 아쉬워서 그랬겠어요? 일단 정확한 사태 파악이 먼저 아닌가요?'

'없는 얘기면 이 새벽에 여기 올렸겠어요? 저런 것들은 정신 차리게 그저 매로 다스려야 하는데, 학생 인권 조례니 뭐니 하면서 총체적으로 망조가 든 거라고요!'

댓글 몇 개 읽고 나니 더 자고 싶은 생각이 확 달아났다. 머리를 감고 아침도 거른 채 집을 나섰다.

돈놀이라니, 우리가 뭘 했다고 돈놀이래? 돈놀이라는 단어 하나가 머릿속에 콱 박히자 불쾌한 의미의 단어들이 줄줄이 떠올랐다. 비열, 악독, 폭력, 이자, 사채업자⋯⋯. 더 생각하지 않으려는데도 불쑥 튀어나오는 새로운 단어 때문에 자꾸 분통이 터졌다.

도대체 누가 이따위로 글을 쓴 거지? 잠깐 경이 얼굴이 떠오르긴 했지만 고개를 저었다. 아무리 제 마음에 들지 않는다고 해도 이런 식으로 일을 벌일 애는 아니다. 그나저나 찬옥이는 괜찮을까?

며칠 전 찬옥이한테 괜한 소리 했던 게 문득 마음에 걸렸다.

"난 솔직히 우리 반 아이들이 이렇게 잘 지내게 될 줄 몰랐어. 입학식 날 우리 반 아이들 표정 기억나지? 당장이라도 학교 관두고 싶다는 표정이었잖아. 요즘 애들 얼굴 보고 있으면, 얘들이 그 애들 맞나 싶어. 우리가 하는 일마다 지나치게 잘 풀리니까 어떤 땐 솔직히 겁이 나기도 해. 이러다 무슨 안 좋은 일이 터질 것 같아서 말이야."

찬옥이는 불길한 소리 하지도 말라며 큰소리쳤지만 반 아이들의 변화에 대해서는 일정 부분 내 말을 인정했다.

1학년 일곱 반 중에서 유일하게 여자만 있는 반이 1학년 7반, 우리 반이다. 입학식 날, 우리 반 아이들은 강당에서 배정받은 대로 모였다가 우리 반만 여자 반이라는 사실을 알고 경악을 금치 못했다.

교장 선생님은 다른 해와 달리 올해 입학생 중 여학생 수가 남학생 수보다 훨씬 많아서 부득이하게 여자 반을 만들 수밖에 없었다며 양해를 구했다. 그러나 왜 하필 우리가 그 유일한 여자 반에 들어오게 된 것인지, 교장 선생님의 설명만으로는 그 불운을 납득할 수가 없었다.

남녀 합반인 다른 반 아이들이 우리를 신기하게 쳐다보았고 우리는 머리가 세 개이거나 옷 밖으로 꼬리가 길게 삐져나온 괴물이라도 된 듯, 그저 7반이라는 사실이 부끄러워서 고개를 들지 못했다.

교실도 우리 반만 1학년 교실이 있는 2층이 아니라 3학년들이 있는 4층 구석에 배정되어서 드나드는 현관부터 다른 반과 달랐다. 교실에 들어가자마자 우리는 3학년 선배들 공부에 방해되지 않도록 떠들지 말 것과 3학년 교실을 기웃거리면 안 된다는 것, 그리고 되도록 3층 화장실을 이용하라는 얘기부터 들어야 했다.

과목별 첫 시간마다 선생님들은 어김없이 교실 찾다 늦었다는 변명을 늘어놓지 않으면, 여자들만 있어서 분위기가 산뜻하다는 입에 발린 말로 우리를 위로하려 들었다. 아쉽게도 그런 말을 듣고 좋아할 만큼 우리는 순진한 바보들이 아니었다.

"내가 중학생이 되길 얼마나 기다렸는데! 부러울 게 없을 줄 알았던 내 청소년 시절 첫해가 이렇게 꼬일 줄이야! 여자 반을 따로 하나 만들 수밖에 없다는 거, 인정한다고 쳐. 여자가 더 많다니까. 근데 교실은 이게 뭐냐고! 우리더러 운이 없으니 귀양살이까지 하라는 거야? 억울하다는 단어가 무슨 뜻인지 난 십사 년 만에 처음 알았다고. 우리, 이리고 살아야 하니?"

"아니면 다른 수라도 있어? 더 끔찍한 건, 삼 년 내내 여자 반에만 있어야 할지도 모른다는 거지. 지금까지 우리한테 닥친 불운만 꼽아 봐도 그렇잖아."

아직 반 아이들끼리 이름도 제대로 알지 못하던 때였으나, 우리의 처지에 대해서만은 모두 똑같이 공감했다. 그러나 분하고 원통해도 우리는 그걸 어떻게 표현해야 하는지 방법을 알지 못했다. 찬옥이가 그 일을 벌이기 전까지는.

아직도 기억이 생생한 3월 어느 날 아침, 학교에 도착하니 1층 교장실 앞에 아이들이 웅성거리며 모여 있었다. 변방에서 지내는 나와 무관한 일일 거라 여기며 지나치려는데 누군가 나를 불렀다.

"야, 너도 우리 7반이지? 빨리 와."

그러고 보니 무리 중에 낯익은 얼굴이 꽤 있었다. 그리고 그 한 가운데서 피켓을 들고 서 있는 찬옥이가 눈에 확 띄었다. 까무잡잡한 얼굴과 걸걸한 목소리에, 여자아이라면 좀처럼 하지 않는 짧은 커트 머리로 내 눈길을 끌었던 아이였다.

"학교 홈페이지에서 우리 반에 관한 글 봤지?"

내가 못 봤다고 했더니 효진이라는 이름표를 단 아이는 한심한 듯 혀를 차고는 내게 상황을 설명했다.

"찬옥이가 교장 선생님한테 글을 올렸잖아. 우리 교실 배정에 문제 있다는 거랑 앞으로 여자만 있는 우리 반이 학교에서 부당한 대우를 받지 않도록 성의 있는 답변을 해 달라고."

"그 얘기를 왜 자기가 하는데? 누가 쟤더러 그러라고 한 적 있어?"

"없지. 이 일은 전적으로 자기 혼자 생각하고 결정한 일이라고 썼던데. 혹시 문제가 있다면 혼자 벌을 받겠다고."

"그건 또 무슨 구세주 코스프레래? 그리고 학교 게시판에 글을 올렸다면서 저 피켓은 뭐야?"

"혹시 교장 선생님이 글을 읽고도 그냥 모르는 척 넘어갈까 봐 쐐기를 박으려는 거지. 저렇게 해야, 학교 측에서도 무시하지 못할 거 아냐?"

나는 혼자 시위하는 찬옥이 모습이 딱해 보이기도 했지만, 솔직히 저렇게까지 설쳐서 뭘 어쩌자는 건지 알 수가 없었다.

"그래서 쟤는 뭘 원하는 건데? 다른 반도 남자 반 여자 반 따로 만들라는 거야, 아니면 우리 반 교실을 교장실로라도 바꿔 달라는 거야?"

"야, 너 참 얄미운 말만 골라서 한다. 저렇게라도 나서는 게 어디야? 우리가 가만있어 봐. 학교에서는 우릴 바보로 알걸. 교실을 옮겨 달라는 게 아니라, 왜 그렇게 되었는지, 아니면 그렇게 돼서 미안하다든지 하는 말 정도는 우리도 들어야 하는 거잖아. 앞으로 학교 행사도 많을 텐데, 그때마다 우리는 여자 반이라는 이유로 이리 치이고 저리 치이면서 일 년을 보내야 하느냐고!"

효진이는 마치 내가 학교 측 사람이기라도 한 것처럼 눈을 부라리며 사납게 대들었다. 그 난처한 상황에서 벗어날 수 있었던 건 학생 주임 선생님 덕분이었다.

"조회 시간 다 됐는데 여기서 뭐 하는 거야!"

입학한 지 겨우 열흘밖에 되지 않은 우리는 학생 주임 선생님 목소리에 쫓기듯 교실로 내뺐다.

찬옥이가 들어온 건 조회 시간이 거의 다 끝나 갈 무렵이었다.

피켓을 질질 끌고 들어오는 찬옥이를 보고 담임 선생님은 혀를 차며 말했다.

"입학하자마자 대형 사고라니……. 이 학교 역사에 남을 일이다. 부탁하는데, 제발 조용히 살자. 응?"

선생님이 비아냥거리지 않아도 우리는 찬옥이가 한 일로 달라질 것이 없음을 알고 있었다. 그러나 어깨를 축 늘어뜨리고 말없이 자리로 가는 찬옥이의 모습은 패배감에 젖어 있던 우리를 자극하기에 충분했다. 아이들은 모일 때마다 찬옥이가 한 일이 헛발질로 그쳐서는 안 된다며 목소리를 높였다. 혼자 설치는 게 같잖아서 구세주 코스프레 어쩌고 했던 나도 그때만큼은 아이들과 생각이 다르지 않았다.

"처음이라서 봐준다고 했대. 학교가 해도 너무한 것 같지 않니? 답변을 듣자는 건데 무슨 범죄자 취급이야."

나는 같은 초등학교를 졸업한 경이를 붙들고 분통을 터뜨렸다.

"학교에 뭘 기대했다는 게 난 더 신기하다. 찬옥이란 애, 정상이 아냐."

삐딱한 걸로 치자면 경이가 나보다 늘 한 수 위였다.

"그럼 이대로 앉아서 당해야 한다는 거야? 넌 학교에 화 안 나?"

"기대한 게 있어야 화가 나지. 난 나를 출렁이게 하는 게 싫지, 기대할 게 없는 것에 대해서는 아무렇지도 않아. 안경이나 올려."

경이는 어깨를 으쓱하고는 이어폰을 귀에 꽂았다. 6학년 때부터 느낀 거지만, 경이는 어떤 사건에도 흥분하는 법이 없다. 가끔 그 냉정함에 정나미가 떨어질 정도로.

어쨌거나 그 일이 있고 찬옥이는 반 아이들의 압도적인 지지를 받아 반장이 되었다. 처음엔 자기가 반장이 된다는 것 자체가 말이 안 된다며 거절하기도 했지만, 아이들은 들어주지 않았다. 찬옥이 개인의 의사도 중요하지만 변방으로 내쫓긴 우리 처지를 생각할 때 더 마땅한 사람은 없다는 것이다. 결국 찬옥이도 받아들였다.

반장이 된 뒤부터 찬옥이는 우리 반 일이라면 물불을 가리지 않고 달려들어 끝장을 보았다. 개인 성적이야 각자 알아서 할 일이지만, 준비물 미비로 수행 평가에서 점수 깎이는 일은 없게 하겠다며 필요한 준비물과 숙제를 수업 전날, 반 게시판과 문자 메시지로 지겹도록 아이들에게 알렸다.

중간고사에서 우리 반이 꼴등을 했을 때 담임 선생님이 난리를 치는데도 찬옥이는 태연하게 굴었다.

"어제 선생님이 반 성적 올리는 법을 연구해 오라고 해서 밤새 고민하다 결국 비법을 찾았다는 거 아냐. 결론은, 우리 반 아이들 모두 공부를 열심히 하면 성적은 오른다. 고로, 공부는 각자 알아서 하자고. 물론 잘 놀면서 성적도 1등이면 좋겠지만, 우리도 살 만큼 살아 봐서 다 잘할 수 없다는 것쯤은 알고 있잖아? 더구나 성적만 생각했다면 너희는 내가 반장 하겠다고 애걸해도 안 시켰을걸. 그러니까 방향은 정해진 거다. 각자 공부해서 할 수 있으면 1등도

해 보자고. 그러나 그것이 우리의 궁극적 목표는 아니라는 거, 우리의 목표는 남들이 부러워할 정도로 재미있고 신 나는 7반 만들기라는 것만 명심하면 좋겠어."

그리고 나서 찬옥이는 '재미있고 신 나는 7반 만들기'가 허튼 공약이 아니라는 것을 바로 증명했다. 놀이동산으로 소풍 갔을 때 우리 반은 일정을 마치고 흩어졌다가 다시 모여서 야간 개장이 끝날 때까지 놀다 왔다. 찬옥이가 사전에 철저하게 준비한 덕에 아무 문제도 일어나지 않았다.

학교 행사가 있을 때도 무조건 따라가지 않고 우리 뜻을 당당하게 밝혔다. 교내 체육 대회를 앞두고 학교에서는 우리 반 아이들을 다른 반에 분산하여 진행하겠다는 방침을 통보했다. 아무리 구상해 봐도 여자만 있는 우리 반을 따로 놓고는 답이 나오지 않기 때문이라고 했다. 우리는 그 방식에 반발해서 반 대항 운동 경기에는 참여하지 않겠다고 공식적으로 선언했다. 담임 선생님이 화도 내고 어르기도 했지만 완강하게 버텼다.

체육 대회 날 우리는, 다른 반 아이들이 반별로 티셔츠를 요란하게 맞춰 입고 나와서 달랑 체육복만 입은 우리를 딱한 눈길로 바라보는 것을 알았지만 아무렇지도 않았다. 반 대항 놋다리밟기와 줄다리기, 계주가 벌어지는 동안 우리는 지루하게 자리를 지키며 반 대항 군무 시간을 기다렸다. 그리고 우리 차례가 오기 직전에 교실로 들어가 분장을 하고 나왔다. 예상했던 대로 그날 체육 대회의 주인공은, 소복에 산발을 하고, 입가에 케첩을 바른 채 '처녀 귀신의 한'이란 제목으로 막춤을 춘 우리 반이었다. 그런 비슷한 일이 몇 번 있고부터 학교에서는 담임 선생님도 휘어잡지 못하는 우리 반을 골칫거리로 여겼다.

어느 순간부터 우리 반 아이들은 1학년 7반이 된 것을 불운이 아닌 행운이라고 여기기 시작했고, 이렇게 되기까지 그 중심에 찬옥이가 있다는 걸 인정했다. 그러나 모두가 그렇게 생각하는 건 아니었다. 경이가 특별 구역 청소 시간에 벌어진 사고를 두고 찬옥이 의견에 반대하고 나섰던 것이다.

효진이를 비롯한 아이들 몇 명이 컴퓨터실에 청소하러 갔는데, 3학년 오빠들이 게임을 하느라 자리를 비켜 주지 않은 모양이었다. 청소할 자리를 놓고 그 오빠들과 실랑이를 벌이다가 누군가의 실수로 모니터가 바닥에 떨어져 액정이 나갔다. 3학년 오빠들은 자기들 책임이 아니라며 부리나케 내뺐고, 담임 선생님은 노발대발하며 컴퓨터실 청소 당번들더러 모니터값을 배상하라고 했다. 그 애들은 억울하다며 3학년 교실로 찾아갔다가 그 반 선생님한테 걸려서 문제만 더 키우고 말았다. 학생 주임 선생님, 3학년 선생님, 담임 선생님이 차례로 그 애들을 불렀고, 선생님한테 불려 갔다 온 아이들은 각자 책상에 엎드려 울기 일쑤였다.

찬옥이가 비상 회의를 연 것도 그 일 때문이었다.

"행정실에 물어보니까 모니터 가격이 십구만 원 정도래. 선생님은 특별 구역 청소 당번들더러 나눠서 내라는데, 3학년이랑 옥신 각신하던 중에 효진이도 누군가한테 떠밀려서 모니터를 떨어뜨린 거라잖아. 그 상황에서 누가 더 내고 누가 덜 내야 할지 어떻게 정하겠어? 그래서 말인데, 그동안 지각비 걷은 돈 십오만 원이랑, 청소 당번들 네 명에게 만 원씩 받아서 모니터값을 내는 건 어떨까? 그럼 돈 때문에 억울한 사람도 없고, 이 일도 결국 우리 반 일이니까 모두 나서서 조금씩 성의를 보인 걸로 하면 괜찮겠다 싶어서……."

찬옥이가 조심스레 말을 꺼냈다. 급작스러운 제안에 아이들은 무슨 말을 해야 좋을지 몰라 서로 눈치만 보고 있었다.

"생각하고 말고 할 것도 없이 난 반대야. 일단 반장의 제안이 너무 즉흥적이어서 문제가 있어. 사고건 뭐건 책임질 사람이 책임을 져야지, 그걸 왜 지각비에서 써? 이런 일에 쓰려고 지각비 걷은 건 아니잖아. 그러다 더 억울한 사고가 생기면 그땐 어쩔 건데?"

경이가 차분한 태도로 찬옥이 말에 반대했다.

"그래, 원칙적으로 경이 말이 맞아. 근데 지각비는 또 모으면 되잖아. 하지만 이번 일로 마음 다치면 그땐 돈이 아니라 뭐를 갖고 와도 안 될 거야. 만약 지각비를 이 일에 쓰게 된다면 그걸 메울 방법도 찾아볼게. 준비물을 공동 구매하고 그 차액을 보탠다든지 해서 말이야. 아, 이건 방금 떠오른 아이디언데, 두발 검사가 있을 때 우리 반 미용사인 효진이한테 머리를 맡기는 거야. 물론 검사만 통과할 정도로 다듬고 이천 원씩만 내는 거지. 효진이는 실습한 대가로 거기서 천 원만 지각비에 보태면 겨울 방학 오기 전에 돈은 원상 복구 될 거야. 난 우리 반 아이들이 이런 때 서로 모르는 척하지 않았으면 좋겠어."

찬옥이 말이 끝나자마자 아이들이 술렁거리기 시작했다. 지각비에서 모니터값을 내주자는 제안보다 우리끼리 뭘 해서 돈을 모을 수 있다는 사실에 마음이 더 가는 모양이었다. 여기저기서 좋은 생각이란 말이 터져 나왔다.

"친구도 돕고, 지각비도 원상 복구 할 수 있다. 그게 바로 누이 좋고 매부 좋은 거잖아. 찬성! 찬성!"

"경이 네 생각은 어때? 이렇게 해도 안 되겠니?"

찬옥이가 조심스럽게 물었다.

"나는 돈의 문제를 말하는 게 아니라 원칙을 얘기하는 거라고. 먼저 다른 얘기 다 흘려 놓고 이렇게 해도 안 되겠느냐니, 그건 또 무슨 의도야?"

경이가 싸늘하게 쏘아보며 말했다.

"그게 아니라, 경이 네 말이 옳다는 걸 알기 때문에 뭔가 타협점을 찾으려는 거잖아."

찬옥이가 드물게 긴장한 티를 내며 말했다.

"아이들을 다 흘려 놓고 나서 타협점을 찾는 거라고? 타협이 아니라 네 제안을 받아들이라고 꼼수를 쓰는 거잖아. 야, 더 애쓰지 말고 그냥 다수결로 결정해. 결과야 정해진 거지만 내 찬성까지 강요하진 말라고!"

웬만해서는 냉정을 잃을 애가 아닌데, 그 순간은 경이답지 않게 감정적인 말을 쏟아 내서 나도 지켜보기가 불편했다. 아니나 다를까 아이들의 감정적 반격이 줄을 이었다.

"누굴 바보로 아는 거야? 홀리긴 누굴 홀려?"

"꼼수라니, 말 그렇게 함부로 해도 돼? 쟤, 언제부터 저렇게 잘났냐?"

경이는 예상한 일이었다는 듯 이어폰을 귀에 꽂고 못 들은 척 책을 뒤적였다.

"말 좀 가려서 하지. 꼭 그렇게 말해야 했냐?"

나는 집에 가는 길에 일부러 경이를 교문 앞에서 기다렸다.

"난 할 말을 했을 뿐이야. 그 얘기라면 더 하고 싶지 않아."

경이가 한쪽 이어폰을 뺐다가 다시 꽂으며 말했다.

"그래도 얘기 좀 해. 난 네가 왜 찬옥이 말에 필요 이상으로 삐딱하게 구는지 이유를 알아야겠어."

내가 경이 이어폰 줄을 잡아당기며 말했다.

"내가 삐딱해? 모니터 박살 낸 건 청소 당번들인데, 지각비에서 물어 주잔다. 말이 돼?"

경이가 한쪽 이어폰까지 마저 빼고는 목소리를 돋웠다.

"사고라고 했잖아. 너나 나나 그 당사자였을 수도 있어. 좀 너그

럽게 봐주면 안 돼?"

"그러니까. 나라면 나한테 할당된 돈 가져왔어. 운이 나빴건, 실수를 했건, 그걸 왜 전체가 같이 책임져야 해?"

경이 말이 틀리지 않았다는 걸 안다. 하지만 우리끼리 단단히 뭉쳐도 될까 말까 한 때에 경이가 그냥 넘어가도 될 일을 자꾸 물고 늘어지니 지켜보는 나도 난감하고 피곤했다.

"찬옥이는 잘해 보려고 그러는 거잖아. 걔 말처럼 누가 더 책임이 있고 없고를 따지다 보면 반 분위기만 안 좋아질 거라고. 저렇게 뛰어다니는 걸 보고도 의도니 뭐니 하면 천벌받는다. 저런 반장이 어딨니?"

경이가 불같이 화를 내니까 의도하지 않았는데도 내 입에서 자꾸 찬옥이를 감싸는 말이 튀어나왔다.

"반장이면 반장이 하는 일만 하면 되지, 자기가 무슨 하느님이야? 거기다 무슨 일만 있으면 반 분위기, 반 분위기 하는데, 다 다른 애들이 모인 거잖아. 의견이 안 맞을 때도 있고 또 상황이 안 되면 포기할 줄도 알아야지. 아니라는 말만 하면 적으로 몰잖아. 난 요즘 우리 반 애들 보고 있으면 누가 누군지 하나도 모르겠어. 다 똑같이 생각하고 같은 말만 하는 7반 덩어리처럼 느껴져. 걔한테 뒤통수 한번 제대로 맞아야 다들 정신 차리지. 난 찬옥인지 뭔지, 자기가 나서서 다 해결해야 한다고 생각하는 것 자체가 징그러워. 미친 것 같다고."

경이 성격을 익히 알고 있는데도 찬옥이를 두고 함부로 얘기하니까 듣기가 거북했다.

"너 진짜 그렇게밖에 말 못 해? 못 들어 주겠다."

"나도 얘기하고 싶지 않다고 했지? 마지막으로 한마디만 더 하자. 내가 이래서 찬옥이가 싫은 거야. 해결사로도 모자라 애들을 다 바보 만들어 놨잖아. 그 덩어리에 너도 끼어 있다는 거 명심해!"

경이가 찬바람을 일으키며 내 앞을 지나쳤다.

경이의 반대에도 불구하고 우리 반은 지각비를 메우는 프로젝트로 활기를 되찾았다. 아이들이 새로운 아이디어를 낼 때마다 찬옥이는 무리하지 않은 선에서 그 일을 할 수 있는지 검토했다. 교실 미용실, 준비물 공동 구매, 벼룩시장 등을 통해 지각비는 금세 메워지고 곧 이십만 원도 넘게 되었다. 간혹 급하게 돈이 필요한 아이들이 있으면 그 돈을 빌려 가고 갚는 일도 있었다. 경이가 입을 다물고 있으니 누구도 그런 일로 뭐라고 하지 않았다. 어느 때보다 우리는 우리끼리 잘해 내고 있다는 자부심에 들떠 있었다. 나랑 다투고 나서 말 한마디 건네지 않는 경이만 가끔 내 눈에 걸렸다. 교실 분위기가 활기를 띨수록 경이는 섬처럼 홀로 떨어져 있었다.

7시밖에 안 되었는데 아이들은 거의 다 와 있었다. 효진이는 이 새벽에 녹차를 갖고 와서 아이들에게 돌렸다.

"이 와중에 대단하다. 난 생각도 못 했는데."

효진이가 내 말에 쑥스러운 표정을 지으며 대답했다.

"무슨 일을 당할지 모르는 사람도 있는데, 이까짓 녹차 좀 챙겨 오는 게 뭐 대단한 일이라고."

효진이 말을 듣고서야 우리가 아침 일찍 모인 이유가 떠올랐다. 나는 눈으로 찬옥이를 찾았다.

"얘들아, 자리에 앉아 봐. 아직 안 온 아이들 있어?"

찬옥이가 아이들 몇 명과 따로 얘기하다가 교탁 앞으로 나오며 물었다. 푸석푸석한 얼굴과 지친 표정을 보니 제대로 잠도 못 잔 모양이었다.

"누가 그런 글을 올렸대? 짚이는 사람 있어?"

아이들은 찬옥이를 보자마자 흥분해서 떠들어 댔다.

"일단."

찬옥이가 차분하게 아이들 말을 끊었다. 교실 안이 조용해졌다.

"학교에 오기 전에 선생님께 전화를 드렸는데, 일찍 오시겠대. 내가 문자를 돌린 건, 우리 입장을 정해야 할 것 같아서야. 아직 안 온 사람 몇 명이지?"

아이들이 웅성거리며 빈자리를 확인했다. 누구는 왔는데 화장 실에 가느라 자리가 비었다고 했고, 누구는 차가 막혀서 조금 늦는 다며 문자 메시지를 보내왔다고 했다.

"그러니까 아직 오지 않은 애들은 결국 네 명이라는 거지?"

찬옥이가 정리를 하려는 순간 교실 문을 열고 경이가 들어왔다.

약속이나 한 듯 웅성거리던 교실 안이 갑자기 조용해졌다. 경이는 경이대로 이 시간에 아이들이 와 있는 걸 보고 놀랐는지 잠깐 멈칫했다. 경이한테는 문자 메시지가 안 간 모양이었다.

"7시 15분인데 서른네 명 출석이라. 우리 반 진짜 훌륭하다."

찬옥이가 아이들을 보며 엄지손가락을 치켜세웠다.

"게시판 글의 내용이나 선생님이 화를 내는 정도로 봐서 일이 쉽게 끝날 것 같지 않네. 우선, 반장으로서 너희한테 제일 미안해."

찬옥이가 아이들한테 고개를 숙이며 사과했다.

"네가 왜 미안한데? 넌 우리 반을 위해 잘하려고 한 죄밖에 없잖아. 그걸 야비하게 꼰지른 인간이 나쁜 거지."

효진이 말에서 가시가 느껴졌다. 그 가시가 누구를 향해 돋친 건지는 경이가 들어온 순간부터 확실해졌다. 집중 사격을 위해 정조준할 목표물을 찾은 듯 그때부터 아이들의 말투는 거칠고 대담해졌다.

"그러게. 자기도 켕기니까 이름을 밝혀야 하는 학교 홈피가 아니라 카페 익명 게시판을 이용한 걸 테고."

"아직 밝혀진 건 없으니까 다들 함부로 행동하지 않았으면 좋겠어. 선생님을 만나 봐야 알겠지만, 이 문제로 엉뚱한 사람한테 피해가 가는 일은 없도록 하자고."

나는 찬옥이의 그런 배려가 좋았다. 경이를 들먹이지 않으면서 아이들을 진정시키는 어른스러운 말투에서 진심이 느껴졌다.

"그 글에는 우리가 지각비를 운용했다는 말까지 구체적으로 나왔어. 그건 우리 반만의 비밀이었다고. 설령 우리 중에 그 글을 쓴 사람이 없다 해도 누군가 우리 반 비밀을 다른 사람에게 떠들어 댔다는 거잖아."

효진이가 손을 들고 얘기하자 아이들 사이에서 수런거림이 다시 시작되었다. 나는 이 모든 일이 자기와 상관없다는 듯 이어폰을 귀에 꽂은 채 눈을 감고 있는 경이를 바라보았다. 문득 그런 경이를 바라보는 사람이 나 말고도 여럿이라는 사실을 깨달았다.

"이찬옥! 담임이 너 상담실로 오래."

뒤늦게 들어온 아이가 찬옥이에게 말했다.

찬옥이가 담담한 표정으로 나가자 아이들은 담임의 말을 전한 아이 주위로 몰려들었다. 담임 표정이 어땠냐, 다른 얘기 한 건 없느냐, 왜 하필 상담실로 불렀느냐…….

나는 긴장한 탓에 지쳐서 피곤해지기 시작했다. 아직 8시도 안 된 이른 아침이었다.

게시판 사건이 터지고 겨우 이틀 만에 우리 반은 입학했을 때처럼 다시 전교생의 입에 오르내리게 되었다. 그때는 입학하자마자 똥 밟은 우리 반 아이들의 불운에 대한 이야기였다면, 지금은 반 전체가 나서서 돈놀이를 했다는 뻔뻔함에 대한 이야기라는 점이 다를 뿐이었다. 그 틈을 비집고 학교 징계 위원회가 곧 열릴 거라는 소문도 돌았다. 그러고는 찬옥이를 비롯한 반 아이들이 차례로 담임 선생님한테 불려 가 면담을 하고 돌아왔다.

내 차례가 되었을 때는 선생님도 지쳤는지 쳐다보지도 않고 물었다.

"지각비를 처음 빌려 주자고 한 사람이 찬옥이 맞지? 너희 모두 동의했어?"

내가 컴퓨터실 청소 때 있었던 사고를 얘기하려고 하자 선생님이 내 말을 막았다.

"묻는 말에만 대답해. 돈 빌려 주자고 할 때 싫다는 사람도 있었을 거 아냐. 그런데도 찬옥이가 무리하게 진행한 거지?"

경이 얼굴이 떠올랐지만 나는 아니라고 했다. 간혹 다른 의견도 있었지만 찬옥이가 설득했다고 했다.

"그게 바로 무리하게 진행했다는 말이잖아. 그러니까 이자 받았다는 것만 사실이 아니라는 거지? 여기다 서명하고 가."

선생님은 찬옥이가 쓴 반성문을 내밀며 뒷장에 반 아이들이 서명한 곳을 가리켰다. 나는 서명을 하는 게 무슨 뜻인지 묻고 싶었지만 선생님 눈짓에 입도 떼지 못한 채 하라는 대로 했다.

교실로 돌아와 보니 찬옥이는 자리에 없었다. 아이들은 찬옥이가 혼자 뒤집어쓰겠다는 생각으로 반성문을 쓴 것 같다며 서명을 했어야 했느니 말았어야 했느니 말씨름을 하고 있었다.

"어쨌든 찬옥이 혼자 당하게 할 순 없어. 일 크게 만든 인간은 따로 있는데, 왜 애먼 사람이 고생을 해야 하느냐고!"

그 뒤로도 아이들은 '경이'라는 이름만 빼고는, 재수 없다는 둥 잘난 척한다는 둥 별의별 말을 다 퍼부어 댔다. 그러나 그것도 찬옥이가 반장 자리를 내놓기 전까지의 일이었다.

담임 선생님은 찬옥이가 스스로 반장직을 그만두었다는 말을 전하면서 우리가 학생으로 해선 안 되는 일을 한 거라며 앞으로 지각비 및 일체의 돈 걷는 일을 금지했다. 그리고 그간 모은 돈도 돌려줄 명분이 있는 사람에게는 돌려주고 나머지는 학교에서 압수하기로 했다고 전했다.

우리는 힘들게 모은 돈을 고스란히 학교에 빼앗겨야 한다는 것에 흥분했다. 무슨 권리로 우리 돈을 압수하느냐고 항의했지만 선생님은 학칙에 엄연히 나와 있다는 말로 우리 입을 막아 버렸다. 이래저래 아이들의 분노가 경이에게로 모일 수밖에 없었다. 더군다나 효진이 오빠가 게시판 글의 아이피를 추적해 보니 공교롭게도 작성 위치가 경이네 동네인 것 같다는 얘기도 들려와 아이들의 분노를 보태는 데 한몫했다.

아이들 사이에서는 없는 얘기마저 만들어져 경이가 학교 스파이란 말까지 돌았다. 경이 사물함이 뜯겨 교과서가 찢어진 채 들어 있기도 했고, 급식실에서는 일부러 경이 주위에 모여 앉은 아이들이 실수인 척 국이나 반찬을 쏟기도 했다. 사건은 표면적으로 종결되었는데도 아이들이 경이한테 가하는 행동은 시간이 갈수록 심해지기만 했다. 왜 저러고 당하고만 있는지, 이해할 수 없기는 경이도 마찬가지였다. 어떤 때는 게시판에 글을 쓴 사람이 진짜 경이가 아닐까 의심이 들기도 했다.

"학교에서도 찬옥이 징계 그냥 덮기로 한 거잖아. 경이가 그랬다는 증거도 없고. 이제 다 끝난 일인데, 가만히 있는 애한테 너무 심하게 구는 거 아냐?"

경이 사물함이 세 번째로 뜯긴 날, 더는 두고 볼 수가 없어서 아이들에게 소리쳤다.

"끝나긴 뭐가 끝났다는 거야? 우리가, 고생하며 모은 지각비 털리고 돈놀이나 하는 애들로 찍힌 게 억울해서 이러는 줄 알아? 그럼 가서 이르라고 해. 징계든 뭐든 다 당해 줄 테니까. 아직도 모르겠냐? 쟤가 끝장낸 건, 지각비가 아니라 우리끼리 뭔가 할 수 있다는 자부심이었다고!"

효진이가 사물함을 정리하고 있는 경이를 보며 쏘아붙였다.

"그래도 단체로 이러는 건 아니야. 경이가 그랬다는 증거도 없잖아."

나는 찬옥이가 뭐라고 한마디 거들어 주지 않을까 곁눈질하며 말했다. 찬옥이는 내 눈길이 부담스러운지 말없이 교실을 나갔다.

"아하, 그러고 보니 한동안 너희 둘이 붙어 다녔지? 우리가 심해? 양심이 있으면 찬옥이 생각해서라도 그런 소리 못 한다. 반장 자리를 내놓고도 반에서 죽은 듯이 지내는 게 누구 때문인데?"

효진이의 억지에 어이가 없어서 다른 아이들을 돌아보았다. 그런데 놀랍게도 모두 효진이와 다르지 않은 눈길로 나를 쏘아보는 것이었다. 불행하게도 나는 그 눈길이 무슨 뜻인지 바로 알아차렸다. 갑자기 소름이 돋았다.

그날 저녁 늦게 찬옥이가 내게 문자 메시지를 보냈다. 우리 동네 편의점에서 기다리고 있을 테니 나오라는 내용이었다.

"내일부터는 너도 당할지 몰라. 나도 어떻게 해 줄 수가 없어."

찬옥이가 기운 없는 목소리로 말했다. 나는 그 말을 하려고 밤중에 일부러 찾아온 찬옥이가 진심으로 고마웠다.

"그러지 않아도 얘기 좀 하고 싶었어. 그래도 지금 나설 수 있는 사람은 너밖에 없어."

"난 이제 아무것도 못 해. 아니, 그럴 자격이 없어."

찬옥이가 눈을 내리깔며 말했다.

"무슨 소리야? 반장이 아니라서? 아이들이 너를 어떻게 생각하는지 잘 알잖아."

"그래서 자격이 없다는 거야."

나는 찬옥이 말을 바로 알아듣지 못했다. 찬옥이는 좀 걷자며 편의점 문을 열고 나섰다.

"알기 쉽게 설명해 봐. 네가 왜 자격이 없다는 건지."

나는 찬옥이 앞을 막아서며 물었다.

"게시판에 글 쓴 사람, 바로 나야. 경이가 아니라고."

"뭐? 농담하지 말고……."

찬옥이가 내 눈을 보며 고개를 저었다. 농담이 아니라는 뜻이었다.

"경이 말이 맞았어. 나는 즉흥적이고 감정적이어서 좋은 게 좋은 거라는 생각만 한 거야. 아이들 호응도 좋고 지각비도 금세 걷히니까 신이 나더라고. 근데 좀 지나니까 돈이 급한 아이들이 지각비에서 빌려 달라고 하잖아. 모니터값도 배상해 줬는데 금방 갚을 돈도 못 빌려 주느냐고. 처음 한두 번은 괜찮았어. 근데 점차 빌려 가는 금액이 커지고 애들도 많아지니까 감당이 안 되는 거야. 안 된다고 하면 누구는 빌려 주고 누구는 거절하느냐며 대놓고 섭섭해하기도 하고. 그런 일을 몇 번 겪고 나니까 아이들이 나한테 기대하는 게 점점 겁이 났어. 도망가고 싶을 정도로. 그걸 끊으려면 학교에서 알게 하는 수밖에 없겠더라고. 그럼 그건 내가 혼자 혼나고 말면 되니까. 근데 아이들이 어떻게 나올 거라는 생각을 못 한 거야. 한두 번 경이한테 섭섭한 소리 하는 걸로 끝날 줄 알았지. 말릴 수 있는 데까지 말려 봤지만, 그럴수록 아이들은 경이한테 더 심하게 굴더라. 이제 그게 너한테까지 옮겨 갈 태세고."

나는 찬옥이 말을 믿을 수가 없었다.

"진짜로 네가 그랬단 말이야? 차라리 처음 힘들었을 때 털어놓지, 이제 와서 뭘 어쩌라고."

"애들이 나 때문에 다른 애들 괴롭히는 거, 더는 못 보겠어서 내일 다 말하려고. 근데 너랑 경이한테는 직접 만나서 얘기하고 사과해야 할 것 같아서. 아까 경이더러 만날 수 있느냐고 문자 보냈는데 답이 없더라."

찬옥이는 숨을 크게 몰아쉬더니 말을 이었다.

"이제 숨이 쉬어지네. 내일 어떻게 될지 모르지만."

무슨 말이든 내가 꺼내야 할 차례인 건 분명한데 머릿속이 복잡했다. 찬옥이한테 화도 났다가 찬옥이가 딱하기도 했다. 경이를 대신해서 욕이라도 해 줄까 하다가 찬옥이 혼자 벌받을 만큼 받았다는 생각도 들었다. 결국 나는 한마디도 하지 못하고 돌아섰다.

다음 날 평소보다 늦게 일어나고도 나는 서두르지 않았다. 교문에서 교실까지 가는데 운동장을 스무 바퀴쯤 달린 것처럼 다리 힘이 풀렸다. 누군가 교실 문을 활짝 여는 바람에 찬옥이와 눈이 마주치고 말았다. 찬옥이는 담담한 얼굴로 일어나서 교탁 앞으로 나갔다.

"너희한테 할 말이 있어. 잠깐만 얘기할게."

찬옥이를 바라보는 아이들 표정을 보고 있으려니 곧 벌어질 일이 두려워졌다.

나는 찢어진 교과서를 테이프로 붙이고 있는 경이를 흘끔거리며 자리에 앉았다. 어제 전화로 찬옥이 얘기를 듣고도 경이는 별말을 하지 않았다. 화도 내지 않았고 그럴 줄 알았다는 말도 하지 않았다. 내일이면 아이들이 그동안 힘들게 했던 거 사과할 거라는 내 말에, 경이는 할 얘기 다 했느냐고 묻고는 전화를 끊었다.

"사실 게시판 글 말인데, 그 글을 쓴 사람은 경이가 아니라⋯⋯."

찬옥이는 어제 내게 했던 말 그대로 아이들에게 전했다. 아이들이 술렁거리기 시작했다.

"그러니까 게시판에 글을 올린 게 찬옥이 너라는 말이야?"

효진이도 어제 내가 했던 반응을 똑같이 보이며 되물었다. 찬옥이가 그렇다고 했다. 아이들이 웅성거리며 찬옥이와 경이를 번갈아 보았다. 그 잠깐의 시간이 내게는 천년처럼 느껴졌다.

효진이가 천천히 자리에서 일어났다.

"네가 왜 그렇게 말하는지 알겠는데, 일부러 그럴 필요는 없어. 네가 뭐 때문에 경이를 감싸는 건데? 경이가 부탁하던? 아니지, 도도한 애가 그런 부탁을 할 리가 없지. 은성이지? 어제 은성이가 나설 때 감 잡았어. 은성이가 그렇게 해 달라고 한 거지?"

애들이 내 이름까지 들먹이자 찬옥이가 당황하며 아니라고 손을 내저었다.

"내 말을 믿어. 쟤들은 이번 일로 나 때문에 피해를 본 거야. 그 글을 쓴 사람은 나야! 내가 그랬다고!"

찬옥이가 진실을 밝히는데도 나와 경이를 바라보는 아이들 눈빛은 사납기만 했다.

"네가 그랬다는 건 믿을 수가 없어. 은성이도 아니면 담임이 협

박한 거야? 그런 거구나. 이찬옥, 앞으로는 너만 당하게 두지 않을
거야. 네가 그동안 우리를 위해 얼마나 애썼는데……. 이제부터는
우리가 다 알아서 할 테니까 넌 아무 걱정 마.”

“아니라니까! 효진아, 내 말 좀 들어!”

“아니, 네가 들어. 우리가 도와주겠다는데도 네가 자꾸 이렇게
나오면 이제부터는 네 얘기도 안 들을 거야. 그러니까 가만있어.”

찬옥이는 절망적인 눈으로 나를 바라보았다.

나는 어제 들은 찬옥이의 충격적인 얘기보다 지금 눈앞에서 벌
어진 상황을 더 믿을 수가 없었다. 자기들한테 맞설 게 아니면 가
만있으라는 건가? 내가 아니라 찬옥이가 제 입으로 그랬다고 하잖
아. 자기들 생각에 반대하는 사람은, 그게 찬옥이라도 봐주지 않겠
다는 거야? 쟤들이 지금 믿고 있는 건 도대체 뭐지?

울컥해서 돌아보는데 경이와 눈이 마주쳤다. 경이가 남들 눈에
안 띄게 손가락을 입에 갖다 대며 고개를 저었다. 나는 이게 말이
되느냐고 묻고 싶었다. 경이는 이제야 알겠느냐는 듯이 피식 웃고
는 안경이나 올리라는 시늉을 했다.

안경 닦은 지가 오래됐는지 눈앞이 부옇게 흐려졌다.

다시 청소년문학의 초심으로

박숙경

어느덧 창비청소년문학이 출범한 지 여섯 해가 되었습니다. 처음 시작하던 2007년만 해도 많은 이들이 청소년문학의 존재에 대해 미심쩍어하기도 했지만, 지금은 당당한 시민권을 얻어 자신의 자리를 굳건히 하고 있습니다. 창비청소년문학 시리즈는 올해 50권이라는 중요한 지점을 통과하게 됩니다. 그래서 다시 초심을 새기고 앞으로 나아갈 길을 모색하는 창작 단편집을 기획했습니다. 그 주제는 바로 '중학생'입니다.

청소년문학은 아동문학과 일반문학 사이에 놓인 빈 자리를 메우고 좋은 가교가 되기 위해 마련되었습니다. 그러나 지난 몇 년을 돌아보면 청소년문학에도 미묘한 쏠림이 있음을 확인할 수 있습니다. 바로 중학생에 해당하는 청소년들이 마음 깊이 공감하고 자신의 정체성을 확인할 만한 작품이 의외로 적다는 것입니다. 실제로 청소년문학을 더욱 필요로 하고 많이 찾아 읽는 독자가 바로 열네 살부터 열여섯 살에 이르는 청소년들이기에, 그들의 마음을 어루만지고 소통할 수 있는 다양한 작품이 절실히 필요한데 말입니다.

그런데 이 중학생이란 시기에 주파수를 맞추기란 참으로 쉽지 않습니다. 아동문학 작가라면 어린이와 친하거나 스스로 어린이의 마음을 잃지 않는 체질을 갖고 있지요. 일반 작가는 금방 십 대 후반, 고등학생 때의 기억과 감성을 불러낼 수 있습니다. 하지만 중학생은 양편 모두 손이 잘 닿지 않는 지점에 있습니다. 현실에서도 이 시기의 청소년들은 참 파악하기 어려운 대상이지요. 아이와 어른의 경계에서, 몸과 마음의 급격한 변화를 겪는 열네 살부터 열여섯 살까지의 아이들은 어떤 생각에 몰두해 있을까요? 그들의 삶에 어떤 일들이 벌어지며, 그들은 이렇게 대응하고 있을까요?

'중학생을 위한 소설'이라는 숙제를 받아 든 작가들의 고민도 이만저만이 아니었습니다. 그러나 그만큼 소득이 있어, 정말 청소년들에게 부끄럽지 않을 만큼의 선물이 마련되었습니다. 이번에 모인 작품은 결코 만만하고 소소한 이야기가 아닙니다. 중학생에게 '적절한' 이야기인 줄 알고 이 책을 펴 든 독자가 있다면 깜짝 놀랄 것입니다. 무대는 중학교 교실부터 미래의 우주 공간까지 넘

나들고, 사람뿐 아니라 동물이 주인공으로 등장하는가 하면, 주제
는 인생 그 자체의 핵심으로까지 파고들어 갑니다. 예상보다 훨씬
담대하고 깊은 이야기들이 모였습니다. 작가들은 결코 중학생을
얕보지 않았던 것입니다. 중학생이란 키워드는 고등학생 위주의
청소년문학을 어리게 하는 것이 아니라 오히려 더 크고 에너지 넘
치게 하는 계기가 될 것입니다. 한동안 청소년들의 일상적 고민 풀
기에 골몰해 왔던 우리 청소년문학 전반에 이 단편들이 좋은 자극
제가 되길 바랍니다.

  공선옥의 「아무도 모르게」는 자기 자신과 가족에 대해 솔직한
심정을 털어놓는 한 중학생의 이야기입니다. 이 친구는 자신의 유
일한 가족인 엄마를 사랑하는지 잘 모르겠다고 말합니다. 그러나
소년은 자기 엄마를 분명 사랑합니다. 사랑은 어린 시절 철없이
"아이 러브 유."니 "사랑해요, 엄마."니 하며 애교 부리는 것만이
아닙니다. 사랑은 연민, 즉 상대를 안쓰럽게 여기는 마음일 때가
많습니다. 엄마는 서울 남자한테 속아 무작정 상경하고, 속은 걸
알고서는 또 무작정 강릉행을 택하는 즉흥적인 사람입니다. 이삿
짐 트럭 안에서 엄마는 꿈꾸듯 과거를 아름답다 말하지요. 하지만
아들은 압니다. 엄마의 삶은 아름답다기보다 구질구질했다는 것
을요. 그런데 그런 엄마가 밉거나 한심해 보이지 않고 어쩐지 정말
아름다운 것 같기도 하고 슬픈 것 같기도 합니다. 새 정착지에서 소
년은 '아무도 모르게' 어제와 다른 사람이 되었다고 고백합니다.

구질구질 때 묻은 삶의 아름다움과 슬픔, 외로움을 통째로 문득 깨달았을 때 사람은 조용히, 아무도 모르게 철이 드는 것입니다.

구병모의 「화갑소녀전」은 모두 잘 아는 안데르센의 동화 「성냥팔이 소녀」를 뒤튼 잔혹 동화입니다. 세상은 동화처럼 아름답지 않다는 것을 역시 동화의 어법을 빌려 이야기한다는 것이 아이러니하지요. 소녀는 헐벗은 채 빛과 따뜻함을 찾아 '화광 공장'에 들어가려 하지만, 고비마다 만나는 음흉한 남자 어른들은 차례차례 소녀를 범합니다. 그렇게 간신히 공장에 들어가지만 그곳에서 소녀는 단순 반복 노동을 하며 점점 병들고, 기어이는 출구를 찾으려다 오히려 더 깊숙한 곳에 들어가 인간의 피를 빼는 괴물 같은 기계 앞에서 힘없이 쓰러집니다. 사실 안데르센의 「성냥팔이 소녀」도 아름답기만 한 이야기는 아니었지요. 성냥팔이 소녀는 부잣집 창문 밖에서 성냥을 하나씩 켜며 자신만의 환상을 보다 결국 숨을 거뒀으니까요. 구병모 작가는 만일 성냥팔이 소녀가 성냥을 품에 넣은 채 따뜻한 곳을 찾아갔더라도, 그렇게 목숨을 부지했더라도 그 이후 더 무섭고 잔혹한 현실을 만났을지 모른다는 후일담을 들려줍니다. 작가가 굳이 이토록 무섭고 잔혹한 이야기를 들려주는 이유는 무엇일까요? 여러분을 겁먹게 하려고? 정답은 아니겠지만 아마도 밝은 빛과 따뜻한 불이 있다고 여겨졌던 공장이 이럴진대 여러분은 공장 안에 들어가려 애쓸 것이 아니라, 그 공장에서 가장 먼 곳으로 도망치라는 메시지가 아닐까요? 어른들이 흔히 말하는 것처럼 열심히 공부해 좋은 대학 가고, 좋은 회사 취직하고, 열심히 일해서 돈 벌고⋯⋯그러나 그 끝은 행복이 아니라 괴물 같은 기계의 입 속일 뿐이라는 경고 말입니다.

김려령의 「파란 아이」는 오묘한 경험으로 우리를 이끕니다. 예쁘장하게 생기고 입술이 파란 소년은 방학 동안 시골 할머니 댁에 내려와 할머니 일을 돕습니다. 할머니에게는 '은결'로, 어머니에게는 '선우'로 불리는 이 소년의 친구 동아는 도시에서 심심하게 방학을 보내다가 은결이 있는 시골로 여행을 옵니다. 은결과 동아는 재미있게 시간을 보내고 그동안 못 했던 이야기도 나눕니다. 은결에게 일찍 물에 빠져 죽은 누나가 있다는 이야기를 듣고서 동아는 문득문득 은결에게서 자기가 잘 알던 친구와는 다른 모습을 느낍니다. 그리고 마지막 반전이 기다리고 있지요. 끝까지 읽고 나서 소름이 쫙 돋은 친구들이 많을 것입니다. 그러나 이 작품은 공포를 목적으로 한 글이 아닙니다. 은결의 비밀을 알고 난 뒤 다시 한 번 읽어 보십시오. 처음에는 소년들의 즐거운 방학 일기 같다가, 오싹 소름이 끼쳤다가, 다시 읽으면 미처 삶을 다 살지 못했던 한 소녀에게 연민의 마음이 생깁니다. 문득 황순원의 「소나기」가 떠올랐다면 이상할까요? 저는 그런 기분도 들었습니다.

미래의 우주로 훌쩍 날아가 볼까요. 배명훈의 「푸른파 피망」은 유쾌한 과학소설입니다. 미래에는 각기 다른 별에서 온 사람들이 한 행성에 모여 살 수도 있겠지요. '푸른파'는 마치 과거의 신대륙처럼 여러 별에서 온 사람들이 모여 사는 행성입니다. 공전 주기와 자전 주기가 다른 별에서 온지라 아이들은 서로 내가 나이가 많네, 네가 나이가 어리네 티격태격하기 일쑤지요. 그런데 어느 날 이웃의 고향 행성들끼리 우주 전쟁을 벌인다는 소식이 들려오고, 푸른 파에도 보이지 않는 전선이 생기고 이웃들은 서로 반목합니다. 그러나 전쟁 통에 물자 배급에 차질이 생겨 한쪽에는 돼지고기만 한 달 치가 오고, 한쪽에는 피망만 한 달 치가 오는 소동이 벌어집니다. 결국 푸른파 사람들이 고민 끝에 도달한 해결책은 무엇이었을까요. 정답은…… 돼지고기는 야채와 같이 먹어야 맛있지요, 암요. 과거 미국도 그랬고, 현재 우리나라 또한 각기 다른 나라, 다른 문화권에서 온 사람들끼리의 반목, 갈등이 적지 않습니다. 그러나 중요한 것은 과거가 아니라, 더불어 살아가야 하는 현재 그리고 미래겠지요. 푸른파는 '새로운 우리 고향'입니다. 언어가 다른 것보다 훨씬 큰 차이인 공전과 자전 주기의 차이도 너끈히 극복하고 화해와 사랑으로 향해 가는 소년 소녀의 이야기는 유쾌하면서도 앞으로 우리가 만들어 가야 할 사회상에 대해 의미 깊은 시사를 남깁니다.

고양이 나이를 사람 나이로 환산하는 법을 아나요? 두 살 먹은 고양이는 사람으로 치면 스물네 살쯤 되고, 해마다 네 살씩 나이를 먹는답니다. 이현의 「고양이의 날」은 태어난 지 채 일 년도 안 된 잿빛 고양이가 주인공인데 사람으로 치면 중학생쯤 되겠지요. 사람은 나이가 서른, 마흔이 되어서도 부모에게서 독립 못 하는 경우가 많은데 고양이의 세계에서는 가차 없습니다. 젖을 떼자마자 쌀쌀맞게 굴던 어미 고양이는 어느 날 자식인 잿빛 고양이를 일부러 영역 밖으로 이끌어 궁지에 몹니다. 궁지에 몰리다가 죽어라 나무 높이 올라간 잿빛 고양이는 그곳에서 온 세상을 내려다보는 '고양이의 눈'을 갖게 되지요. 이럴 때는 사람이 일 년도 채 못 산 고양이보다 못났다는 생각이 듭니다. 이 작품에는 사람이 거의 등장하지 않지만, 고양이의 눈을 빌려 사람의 너무나 더딘 성장, 독립심의 결여를 반성하게 합니다.

전성태의 「졸업」은 1980년대의 한 중학교 풍경으로 우리를 초대합니다. '나'는 수몰된 마을에서 전학 온 여자애를 좋아하지만, 그 애는 졸업과 동시에 부산 공단에서 온 버스를 타고 산업체 고등학교로 떠날 예정입니다. 마음이 담긴 쪽지를 전해 줄 생각에 안절부절못하고 있는데 우연히 그 여자애와 같은 고향에서 온 장희라는 친구와 마주칩니다. 장희는 어쩐지 성숙해 보이고 뜻 모를 말을 입에 올리는 섬세한 소년입니다. 이 친구라면 내 마음을 잘 전해 주리라는 생각에 쪽지를 쥐여 주지만 일은 영 다른 방향으로 풀리고 맙니다. 이는 단지 이루어지지 못한 첫사랑, 풋사랑에 얽힌 해프닝이라기보다 '떠남' 그 자체에 대한 이야기입니다. 여자애와 장희는 수몰된 마을을 떠나 이곳의 중학교에 잠시 머물렀지만 또 이곳을 떠날 수밖에 없고, '나'는 이곳을 떠나고 싶지만 그럴 수 없습니다. 머물고 싶어도 떠나야 하는 삶과 떠나고 싶지만 그럴 수 없는 삶, 인간은 언제나 둘 중 하나를 살게 됩니다. "고향을 감미롭게 생각하는 사람은 나약하다, 모든 곳을 고향으로 여기는 사람은 강하다, 그러나 전 세계를 타향으로 여기는 사람은 완벽하다."라는 중세 수도사의 말을 마음에 새기는 것만으로도 여러분은 인생의 중요한 비밀 한 가지를 얻는 셈입니다.

최나미의 「덩어리」는 여러분에게 익숙한 교실을 무대로 삼고 있습니다. 1학년 일곱 반 중에서 유일하게 여자만 있는 반이 있습니다. 처음에는 이 반에 속했다는 것이 억울하고 부끄러웠지만 반장인 찬옥이의 리더십에 힘입어 반 구성원 모두 똘똘 뭉쳐 '재미있고 신 나는 7반 만들기'에 열중합니다. 그러나 이렇듯 하나로 '똘똘 뭉친'다는 것은 이미 그 안에 갈등과 억압의 씨앗을 품고 있는 것이기도 합니다. 처음에 1학년 7반의 구심점이 되었던 반장도 어딘가 잘못되었다는 생각에 그로부터 벗어나려 하지만 쉽지 않고, 아이들의 일방적인 결정에 반기를 드는 경이는 왕따를 당합니다. 완벽한 공동체처럼 보였던 7반이 점차 괴물 같은 '덩어리'로 변해 가는 것, 이야말로 가장 일상적인 풍경에서 오싹한 소름을 자아내는 공포담이라 할 수 있습니다. 과거 일본은 광적인 제국주의, 전체주의에 날뛰며 세계를 전쟁의 공포에 몰아넣었습니다. 그 핵심에 천황이 있었지만 전쟁에서 패한 뒤 천황은 '나는 아무것도 모른다.'라며 발뺌하고 결국 그 광기는 아무도 책임지지 않는 형

국이 되었습니다. 그 또한 괴물 같은 '덩어리'였던 셈입니다. 사람은 살다 보면 크건 작건 '덩어리'에 휘말리는 경험을 하게 됩니다. 그 경험이 신 나고 환희에 찰 때도 있지만, 그 속에서 개인성을 포기한 채 성찰하지 않는다면 그 '덩어리'가 괴물로 변해 개인의 목을 조르는 것은 순식간의 일입니다. 청소년 여러분도 이 사회의 일원인 이상, 지금부터라도 늘 깨어 있어야 한다는 것을 잊지 말았으면 합니다.

세상에는 시간을 보내는 여러 가지 방법이 있습니다. 이미 청소년들은 운동, 게임, 만화, TV, 친구와의 수다 같은 것으로 시간도 보내고, 짜증 나는 마음을 달래며 살고 있겠지요. 그 가운데 문학의 자리는 있을까요. 문학도 시간을 잘 보내는 방법 중 하나입니다. 좋은 문학은 재미도 있거니와 마음에 오래 남아 여러분이 세상을 살아가는 데 힘을 보태기도 한답니다. 그러나 재미없고 공감이 안 가는 문학이라면 굳이 읽을 필요는 없습니다. 그런 것은 가슴에 남지 않을 테고, 가슴에 남지 않는 문학이란 별로 힘이 없으니까요. 십 대에는 문학에 대한 흥미를 완전히 잃지 않는 것, 문학을 친구 중 한 명으로 남겨 두는 것이 중요합니다. 그렇게만 한다면 성인이 되어서도 문학을 옆에 두고 자신의 삶과 세계에 대한 좋은 조언을 들을 수 있을 것입니다. 청소년문학은 십 대 친구들이 문학을 고리타분하게 여기지 않게끔 가능한 한 흥미롭고, 공감 가고, 그러면서도 다른 어떤 놀이로는 얻기 어려운 감동이란 열매도 맛

볼 수 있도록 도와야 할 것입니다. 창비청소년문학 또한 앞으로 이어질 50권, 100권이 책꽂이가 아니라 청소년의 마음속에 곧장 들어가 꽂힐 수 있도록 즐거이 이야기의 도전을 이어 나가길 바랍니다.

창비청소년문학 50

파란 아이

초판 1쇄 발행 • 2013년 5월 10일
초판 17쇄 발행 • 2025년 4월 15일

지은이 • 공선옥 구병모 김려령 배명훈 이현 전성태 최나미
엮은이 • 박숙경
펴낸이 • 염종선
책임편집 • 김영선
펴낸곳 • (주)창비
등록 • 1986년 8월 5일 제85호
주소 • 10881 경기도 파주시 회동길 184
전화 • 031-955-3333
팩시밀리 • 영업 031-955-3399 편집 031-955-3400
홈페이지 • www.changbi.com
전자우편 • ya@changbi.com

ⓒ 공선옥 구병모 김려령 배명훈 이현 전성태 최나미 2013
ISBN 978-89-364-5650-4 43810

＊이 책 내용의 전부 또는 일부를 재사용하려면
  반드시 저작권자와 창비 양측의 동의를 받아야 합니다.
＊책값은 뒤표지에 표시되어 있습니다.
＊KOMCA 승인필